《第二話 新しい刀》
メルクリウスは王家に伝わる聖剣プロミネンスを抜く。
サエモンは刀を鞘に納めたまま。
魔眼と弾丸を使って異世界をぶち抜く！ 19

『気持ちいいものだな』
「治癒の泉なんてものが、存在するとはな……」

『あったまるー』
《第六話 世界会議》

「やはりフランフィリアは有名人なんだな」
《第五話 始まりの街》
フランフィリアと一緒に歩いていると、
自然と注目される。

# 魔眼と弾丸を使って異世界をぶち抜く！

19

かたなかじ
イラスト：赤井てら
Author:Katanakaji
Illustration:Akai tera

口絵・本文イラスト　赤井てら

前巻のあらすじ 005

第一話 戦後処理 010

第二話 新しい刀 035

第三話 真実の報告 097

第四話 各地へ 114

第五話 始まりの街 153

第六話 世界会議 168

第七話 力の証明 195

第八話 世界を巻き込んだ邪神との戦いに向けて 245

あとがき 251

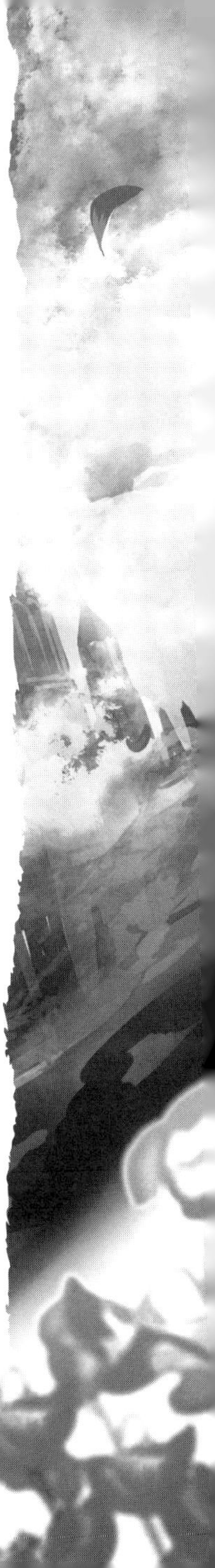

# 前巻のあらすじ

サエモンの新しい刀を打つ刀鍛冶《かたなかじ》を探すために、アタルたちはレジスタンスたちの職人解放作戦に参加することになった。

しかし、ただ職人を助けただけでは帝国《ていこく》にはびこる根本的な問題を解決できず、この先の邪神《じゃしん》との戦《たたか》いでレジスタンスのリーダーコウタの力を借りることができない。

ならばと、アタルは一計を案じることにする。

それはコウタも悩《なや》んでいたことであり、彼《かれ》もアタルの案に乗ることにした。

ただ情報漏《も》れを防ぐため、他のレジスタンスメンバーには秘密にする。

翌日、コウタは陽動作戦として部隊を率いて帝国の首都ボルガルンへと攻《せ》め込《こ》む。

同時刻に今回のメイン部隊であるキルたちは職人たちが捕らえられている職人村へと攻め込んでいく。さらには別動隊としてリリア、サエモン、イフリアの三名が参加する。

職人村には強力な帝国の黒騎士《きし》部隊長たちが滞在《たいざい》していたが、それらを倒《たお》すことに成功する。

実はその職人解放作戦すらも陽動だったのだ。

アタル、キャロ、バルキアスの三人は首都ボルガルンへと、コウタとは別の方向から侵《しん》入《にゅう》していく。

今回の作戦はコウタが陽動し、キルが第二の陽動となってかく乱し、その間に職人を助けるというのが本来のものであった。

しかし、アタルはその上を考えて、職人を助けるのは大前提として、それと同時に皇帝《こうてい》が居《い》座《すわ》る首都を制圧することを目標として動いている。

首都の戦力はコウタたちレジスタンス側へと向かっていき、アタルたちは見つかることなく潜入《せんにゅう》することに成功していた。

だが、その途中《とちゅう》で皇帝を守る最大戦力と言われている近衛騎士と衝突《しょうとつ》してしまう。

それをもアタルたちは圧倒的《あっとうてき》な力で倒し、さらに奥《おく》へと進んでいく。

そこには皇帝だけでなく、返り血を浴びて赤黒くなった鎧《よろい》を身に着けている騎士もおり、彼らと戦った。

皇帝によって呼び出された彼らは魔《ま》族《ぞく》で、かなりの実力を持っていた。

悩むアタルの、ちょうど上空にイフリアたちがやってきたのを感じ取る。

『――全て、ぶち抜《ぬ》け』

そんな無茶苦茶《むちやくちや》なアタルの指示に応えたイフリアが容赦《ようしや》なく城にブレスを撃《う》ちこんで、謁見《えつけん》の間がある建物ごと魔族たちをぶち抜いた。

さらに地下へと向かうと、そこには大きな空間が広がっており、超巨大《ちようきよだい》な魔法陣《まほうじん》が敷《し》かれていた。

その魔法陣が国中のありとあらゆるものから力を吸い上げていた。

これこそが帝国の人、大地、植物――すべての生命の力を奪《うば》っていた原因とのこと。

この魔法陣を作り出したのは、国のトップで自らを魔族の皇帝、魔皇帝《まこうてい》と名乗るイグダル。

皇帝自らの手で、帝国はじわりじわりと滅亡《めつぼう》へと向かっていた。

地下には魔皇帝の部下である多くの魔族が潜《ひそ》んでおり、アタルたちは彼らと戦った。

無尽蔵《むじんぞう》に湧《わ》き出す魔族たちは数が多くさすがにアタルたちも押《お》されていく。そこにコウタ率いるレジスタンス、コウタから事情をきいた近衛騎士、黒騎士、その他の騎士や兵士もやってきた。

アタルは途中で手に入れた聖剣《せいけん》をコウタへと渡《わた》す。

戦力が増えたことで戦況《せんきよう》は優勢に進んでいくが、皇帝は魔法陣によって集められた力を吸収し、さらにはこの場で死んだ者たちの力までをも糧《かて》にして立ち向かってくる。

そしてイグダルは千年の昔に作られた魔剣《まけん》ダロスを手にして、ついには魔王《まおう》だと名乗る。

それに対してコウタは受け取った聖剣リズリアの眠《ねむ》っていた本来の力を引き出し、勇者として目覚め、イグダルと戦っていく。

勇者と魔王、聖剣リズリアと魔剣ダロス、レジスタンスのリーダーと帝国の皇帝。

双方《そうほう》の全てをかけた戦いが繰《く》り広げられた。

どちらも譲《ゆず》らぬ激戦の末、ついにコウタがイグダルの心臓を破壊《はかい》した。

決死の攻撃《こうげき》を繰り出し、コウタが疲労困憊《ひろうこんぱい》でいる状況《じょうきょう》でとどめを刺《さ》したと思った魔王はまだ立ち上がり、コウタへと剣《けん》を振《ふ》りおろそうとする。

長い間帝国を支配下に置いて着実に計画を進めていたイグダルがタダではやられることがないだろうと、それを読んでいたアタルが弾丸《だんがん》で頭部を吹《ふ》き飛ばす。

更《さら》に、コウタが最後の力を振り絞《しぼ》ってもう一つの心臓を貫《つらぬ》く。

これで本当に全てが終わった。

安堵《あんど》が広がったそこに姿を現したのは宿命の敵ラーギルだった。

彼は魔王の力を凝縮《ぎょうしゅく》して持ち去り、終わりが近いと告げて静かに去って行った。

これまで長く続いた彼との因縁《いんねん》が終わりに向かっているという。

意味深なラーギルのその言葉に、アタルたちは一層気を引き締《し》め、やれる全てをやろうと強く誓《ちか》ったのだった。

# 第一話　戦後処理

「――おい、そっちの資材をもっとこっちに運んでくれ！」

「了解《りょうかい》した！」

それはとある職人の威勢《いせい》のいい声と、それに応えるとある騎士の声だ。

帝国の首都ボルガルンでは、街のいたるところで職種問わずみんなが互《たが》いに声をかけあって、土埃《つちぼこり》にまみれながらも作業をしている。

一週間ほど前、闇皇帝《やみこうてい》との戦いを終えたコウタたちは皇帝による圧政の終焉《しゅうえん》を高らかに宣言した。

彼の近くに近衛騎士団《きしだん》や黒騎士部隊の姿があったことがその言葉に信憑性《しんぴょうせい》を持たせることとなる。

以前はクラグラント帝国の紋章《もんしょう》が記されていた旗も、レジスタンスのマークが記されたものへと変更《へんこう》されていた。

皇帝の失脚《しっきゃく》を知った貴族たちは、贅沢《ぜいたく》な暮らしをはく奪《だつ》されたことによる絶望から膝《ひざ》をついていく。

その宣言を受けてから、国の復興のため、まずは帝国の首都であるボルガルンの修繕《しゅうぜん》から行うこととなった。

もちろん働いているのは職人だけではなく、レジスタンスのメンバーも、騎士も関係なくそれぞれにできることを担当している。

「この、これからくる未来に向けて動いている光景っていうのはいいもんだな」

コウタとともに歩くアタルは、作業風景を眺《なが》めながら、そう言って目を細めた。

「ですね、僕《ぼく》たちはこれをずっと目指していたんです……」

コウタも表情を和《やわ》らげ、感慨深《かんがいぶか》げに頷《うなず》く。

圧政の終焉宣言から、レジスタンスを中心に帝国は復興に向けて精力的に動き始めていた。

レジスタンスがボルガルンを攻めた際、帝国の騎士たちを殺さずに済んだことも、彼らへの同調を生んでいる。

「どうなるかと思ったけど、意外とすんなり進んでいるもんだな」

「みんなうまくやってくれていますよ。特にキルが色々と根回ししてくれているみたいです」

皇帝がいなくなったことで、貴族による反発が予想されていたが、そのあたりはキルがうまく立ち回ってくれたことで、抑《おさ》え込むことができていた。

それによって横やりや圧力がかかるようなことはなく、復興工事は順調に進んでいる。

「あいつの本来の能力はそういう対外交渉《こうしょう》や根回しで発揮されるんだろうな」

アタルもキルの今回の動きを目《ま》の当たりにしたことで、彼の優秀《ゆうしゅう》さを理解していた。

「あはは、普通《ふつう》なら戦闘《せんとう》でもかなり強いんですけど……アタルさんたちの強さがちょっと凄《すご》すぎるんですよ」

苦笑《くしょう》交じりではあるが、コウタのアタルを見る眼差《まなざ》しはまるでヒーローを見るかのように輝《かがや》いていた。

コウタたちと事前に行った手合わせだけでなく、闇皇帝たちとの戦いで見せたアタルたちの力は彼が今までに見たことがないものだった。

アタルたちにはこれまでに培《つちか》われてきた経験がある上に、特別な武器、神の力を駆使《くし》した戦い方で恐《おそ》らく世界でも最高の戦力を持っているチームである。

それをコウタは今回の戦いではっきりと実感させられていた。

「まあ……色々とあったからな」

その言葉のとおり、アタルたちはこれまでに多くの戦いを乗り越《こ》えてきており、それらは決して楽なものではなかった。

「それより、帝国領内の各地の解放は進んでいるのか？」

自分たちのことよりも、今はこの国の状況についてアタルは話したいと思っている。

「あぁ、そっちも順調みたいです。キャロさんたちが手伝ってくれてこちらとしてはすごく助かっていますよ」

「それはあいつらが言い出したことだから気にしなくていいさ。しかし、かなり広範囲《こうはんい》に分布しているのは厄介《やっかい》だな」

二人が話しているのは、彼らが解放した職人村のような場所のこと。そのような場所は帝国領内の各地に点在している。

職人を集めたり、鉱石の研磨《けんま》をさせたり、木材を切り出させたり、魔法陣を紙に記させたりなど、様々な目的に分けて、各地で人々が強制労働をさせられていた。

特に職人村は重要拠点《きょてん》であったため、今回最優先に救出が試みられたわけだが、それ以外の場所にも多くの人が捕《と》らえられており、レジスタンスと騎士を中心にその救出に人を割《さ》いている。

「なんにしても、これで国は変わりますよ……」

ついにやり遂《と》げたからなのか、これから先の変化に思いを馳《は》せているのか。

まだまだ先は長いと思っているのかコウタは遠い目をして空を見上げていた。

復興が進むボルガルンを一通り見て歩いたアタルたちは城内にある会議室に向かった。

会議室にはレジスタンスをはじめとする中心メンバーがそろっており、アタルたちの到《とう》着《ちゃく》を待っていた。

席に着くとすぐにアタルが口を開く。

「――それで、コウタは新しい皇帝になるのか？」

「えっと……」

アタルの問いかけに、ぐっと言葉に詰《つ》まるコウタは困ったような表情になる。

「皇帝を倒したから、あとは勝手に国が復興して幸せになります、とはならないよな？

そうなると、誰《だれ》かが皇帝に代わりをしないとだが……」

圧政から解放されて救われた者たちは多いはずである。

ずっと無気力になっていた者たちも、魔法陣が消えたことで力を取り戻《もど》している。

クラグラント帝国に平和が訪《おとず》れた。

だが、それだけでは国は成り立たない。

国の中心である皇帝がいなくなったとなれば、この帝国を統治する体制がなくなったと

いうことを意味している。圧政といえどもこれまで長く続いていた政治であり、その政治を実行する機構がなくなれば、いずれ無法がはびこることとなってしまう。

「その顔を見ると違《ちが》うようだな」

最初から分かっていたように肩《かた》をすくめたアタルは小さく息を吐《は》いた。

「……えっ？」

それに驚《おどろ》きの声をあげたのは、最側近であるキル。

「しかも、みんなの顔を見る限り……どうやら言ってなかったようだな」

「あ、あはは」

呆《あき》れた眼差しを向けるアタルに全て言い当てられて、困ったように頭を掻《か》いたコウタは乾《かわ》いた笑いを漏らす。

「コウタ、どういうことですか！」

コウタの考えていることが理解できず、キルが困惑《こんわく》した表情のまま詰め寄る。

「えっと、その……」

どう言えばいいものかと、コウタは思案顔で言葉を紡《つむ》いでいく。

「……この国は皇帝の圧政でみんなが苦しい生活を送っていた。その中で、苦しいまま死んでいく人も少なくなかったと思う」

少し俯《うつむ》いたコウタは少しずつ気持ちを吐露《とろ》するように話し始める。

「それを小さいころからずっと見て育ってきたんだ」

転生した瞬間《しゅんかん》からこの帝国で暮らしてきたコウタは、みんながどれだけ辛《つら》い思いをして、どれだけ苦しみながら生き抜いてきたかを痛いほどわかっている。

「それを知っているからこそ、僕が皇帝になるのは違う気がしたんだ」

確信した表情で顔を上げたコウタが言う。

「違う、と言われても……」

他に相応《ふさわ》しい人物はいないだろうと、キルたちの困惑は更に強くなっていく。

「僕はあくまでレジスタンスのリーダーなんだ。だけど、それはイコール国のリーダーというわけではないことはわかってほしい」

国を救ったとしても、それは統治すべき人物と同意ではないことを主張する。

レジスタンスはここまできたのはコウタがいたからこそだと思っていたため、彼が皇帝の代わりに新たにこの国のリーダーになると思っていた。

それは最後の戦いを見ていた騎士たちも同じ思いである。

「……なるほどな」

コウタの思いに対して、唯一《ゆいいつ》アタルだけが理解を示した。

みんなの視線が今度は彼に集まる。

「確かに国を救ったのはレジスタンスだ。俺《おれ》たちが助力をしたとはいえ、だ。その事実は変わらないし、コウタもそのことはわかっている」

冷静なアタルの言葉に、真剣《しんけん》な顔をしたコウタは頷いた。

「元々あの皇帝がこの国を統治していたわけだが、それはどうしてだ？」

ここで急に話を変えて、アタルはみんなの顔を見ながら質問する。

「えっと、それは前の皇帝の子どもだったから、とかですかね？」

遠慮《えんりょ》がちに手を上げたキャロが考えながら答えていく。

「恐らくはそのとおりだ。この世界で王がいる国、皇帝がいる国、貴族なんかも大抵《たいてい》の場合世襲制《せしゅうせい》のはずだ。つまりは長男があとを継《つ》ぐ場合が多い。能力や身体的問題の関係で別の者になる場合もあるがな」

基本的には最初に産まれた男子が継ぐというのがこの世界の常識である。

「その結果として、長子が家を継ぐというのが当たり前だと民衆が受け入れる。後継《あとつ》ぎ争いなんて見たくもないからな」

みんな納得《なっとく》しているのかアタルの話に黙《だま》って耳を傾《かたむ》けている。

「だが、それは同時に今回のような問題も起こってしまう可能性も秘《ひ》めている……まあ、あの皇帝は特別問題のあるやつだったけど、能無しが王になって滅《ほろ》びる国なんてのもあるし、馬鹿が領主になって領民が苦しむなんて場合もある」

世界史の授業を思い出しながらアタルは話していく。

「さて、それを踏《ふ》まえて今回の件に話を戻そう」

そう言ってから、アタルは目の前に置かれていた飲み物をひと口飲む。

「今回レジスタンスと俺たちの合同軍が帝国に乗り込んで、皇帝やその手下たちを倒して来た。その結果として、今後は皇帝による圧政はない」

これに全員が頷く。

「そこでレジスタンスのみんなに聞きたいんだが、なぜコウタが皇帝になると思ったんだ？」

アタルはそもそもの疑問を投げかける。

「打倒《だとう》皇帝《こうてい》はレジスタンスの悲願でした。そのレジスタンスのリーダーはコウタで、コウタはずっと国をなんとかしたいと思ってここまできました！　それを実現したのですから彼がトップに立つべきでしょう！」

淡々《たんたん》としたアタルの質問に対して、即座《そくざ》にキルが答える。

彼の言い分としては、レジスタンスが国をなんとかしたのだから、リーダーであるコウタが国のトップに立つのは当然だというものだった。

「それって、勝手に決まるって意味で、今までの世襲制となにか違うのか？」

「そ、それは……」

続けざまの質問に、うろたえたキルは言葉に詰まる。

違うと言いたい。

しかし、国民がどう思うか関係なくレジスタンスのリーダーだからというだけで、コウタが皇帝になるのは、今までと変わらないだろという意味がこの質問に込められている。

「そういうことです」

思っていたことをそのまま代弁してくれたことに、コウタは満足そうに頷く。

色々と言いたいことがありすぎてくすぶるだけで自身の言葉で冷静に話せる自信がなかったため、アタルが代弁してくれたことは彼にとってありがたかった。

「コウタ、お前の気持ちはまあ分かるが、恐らくこれは俺たちだからこその考えだぞ？」

アタルとコウタの共通点、それは二人がそろって元地球人ということである。

「ですよねえ……」

コウタもわかっているらしく、これに関しては困ったと頬《ほお》を掻く。

「ねえねえ、二人だけわかっているみたいだけど、なにか考えがあるってことでしょ？」

シンプルに疑問に思ったリリアが質問をぶつけた。

誰もが聞きたいことをあっさりと聞いてくれるのは素直《すなお》なリリアらしい発言だ。

「まあ、そういうことだな」

場の雰囲気《ふんいき》を変えてくれたリリアに頷いたアタルは、視線をコウタに向けて説明するよう促《うなが》す。

「はい、立候補もしくは推薦《すいせん》で統治者候補を募《つの》ります。この国を憂《うれ》う気持ちを持っている方に国を治めてほしいですからね」

コウタのこの言葉に室内は一気にざわつく。

それでもかまわずコウタは話を続ける。

「それから候補者にどういう国造りをしていくのか発表してもらって、どんな人なのか、どんな考えを持っているのかをみんなに聞いてもらいます」

「み、みんなとは？」

みんなというのが、どの範囲《はんい》の人を指しているのか、戸惑《とまど》いながらキルが確認《かくにん》していく。

「うん、この国に住んでいる全員だね。どこかに発表の場を用意して、なおかつ広範囲に届くように拡声の魔道具《まどうぐ》を用意する。あとはそこでの発表内容を紙にまとめて当日来られない人たちにもちゃんと配布するんだ」

聞いたことのない方法が続々と出てきて、さらにざわつきは大きくなる。

「これは俺たちが住んでいた場所で行われていた方法で、多くの国で取り入れられていた。それをそのまま取り入れたいっていうのがコウタの考えなんだが……」

これまで考えに賛同していたように見えたアタルだが、問題があると考えている。

「まあ到底《とうてい》無理だろうな」

「えええええっ!?」

すっぱりと断《た》ち切ったアタルの言葉に、コウタは大きな声を出して立ち上がってしまう。

「あのな、この国はついさっきまで国民の多くが今日生きるのにすら悩み苦しんでいたんだぞ？　皇都に住んでいた貴族たちは余裕《よゆう》のある生活を送っていただろう。おそらく騎士たちもそう悪くない暮らしをしていたはずだ」

改めてこの国の現状をアタルは説明していく。

「つい一週間前にみんな状況が変わった。そんな混迷極《こんめいきわ》めるなかで、全く新しいシステムが浸透《しんとう》するはずがないだろ？　しかも、圧政に長年囚《とら》われていた国民の多くが上から言われたことなんて全て疑心暗鬼《ぎしんあんき》になるはずだ」

ハッとしたような顔をするコウタに対して、アタルは肩をすくめる。

「まずはレジスタンスがある程度まとめていって、国が落ち着いてきたところで選挙というシステムを説明して徐々《じょじょ》に広めていく。選挙が終わったらレジスタンスは権利を放棄《ほうき》する。このへんが落としどころじゃないか？」

それを聞いて、それなら確かに……と全員が納得の方向に考えをシフトしていく。

「い、いやいや、それでは納得しない者が出てくるのでは……？」

それでもキルが食い下がってきた。

「その納得しない者っていうのは誰だ？」

アタルは鋭《するど》い視線を持って、キルに問いかける。

「それは……」

キルが思《おも》い浮《う》かべたのは、今ここにいる面々や、ここにいないレジスタンスの顔だった。

「そういう考えが出るってことは、コウタとその他のやつらで考えに違いがあるってことだろ。コウタは国を良くしたいと考えていた。だが、お前たちは国を救って利権を得たいってことになる」

もちろんそれが彼らの全てではないとアタルもわかっている。

だが、今の言葉を聞けばそう思ってしまっても仕方ないだろ？　と暗に言っている。

「それ、は……」

自分の発言にそういう意味もあるのだと思い知らされたキルはガクリと項垂《うなだ》れてしまう。

「アタルさん、そんなにキルのことをいじめないであげて下さい。正直なことを言えば、今回頑張《がんば》ってくれたみんなにはいい思いをしてもらいたいと僕だって思ってるんですよ。それは人から見れば不満が出ることかもしれませんけど」

厳しい表情で言うコウタだが、どこか悩みを吹っ切った顔をしていた。

「でも、頑張ったんだからちょっとくらいは許されますよね？」

一転して、ニコリと笑うと、そんな風にあっけらかんと言ってのける。

冗談《じょうだん》まじりのコウタに対して、ここまで厳しい意見を重ねてきたアタルがなんというのか、みんなに緊張《きんちょう》が走っていた。

「まあ、そうだろうな。タダ働きなんて勘弁《かんべん》だ」

ここでアタルも力を抜いて、両手を広げながら言う。

その反応にみんながホッとするのがわかる。

「そもそも俺たちがこの国に来たのだって、刀鍛冶職人を探すためだ」

これが本来のアタルたちの目的だった。

「そのついでに、お前たちを手伝っただけだが……それも、もちろん見返りなしじゃないからな」

「――えっ？」

まさかの言葉にコウタが驚き、他の面々も目を丸くしている。

アタルたちがいなければ皇帝を討《う》つなどということは叶《かな》わなかったことである。

つまり、それだけ大きなことをアタルたちはもたらしてくれた。

その見返りともなれば、それなりではすまないほど大きくなるのは予想に難《かた》くない。

「まさか、俺たちが慈善《じぜん》事業で手伝ったとでも思っていたのか？　というか、最初の時に話はしておいたよな？」

戦いに臨《のぞ》む前にひと通り話はしてあったため、この反応にアタルが少し驚いてしまう。

「はい、驚かされたのでやり返してみたんです」

コウタはわかっているらしく、ペロッと舌を出して、いたずらに成功した子どものような笑顔《えがお》を見せる。

「ははっ、こいつはやられたな。まあ、俺たちの戦いを手伝ってほしいというやつだ。それはコウタも納得してくれているよな？」

改めてアタルは確認していく。

「もちろんです。帝国だけ平和になっても、世界が滅んでしまったら意味ないですから」

しっかりと笑顔で頷いたコウタは勇者として皇帝を討つだけでなく、アタルたちとともに邪神と戦う気持ちはできていた。

「……あの、我々の戦いでいっぱいいっぱいだったので、あまり良く把握《はあく》していないのですが改めてアタルさんたちがなにと戦っているのか、話してもらえますか？」

他の幹部の中には聞いたことがない者もいるため、キルは再度アタルたちの戦いについて尋《たず》ねる。

「そうだな……これは俺たちだけじゃなく、この世界の生きとし生ける者全員がかかわる問題だから聞いてもらった方がいいだろう。近衛騎士団のやつらと黒騎士の隊長たちにも聞いてもらった方がいいか。全員を訓練所に集めてくれ」

近衛騎士団と黒騎士は皇帝の正体を知って、戦いを放棄していた。

そして、そのままくすぶらせてももったいないくらいに戦力として優秀であるため、レジスタンスに従うようにとのアタルたちの説得に納得していた。

「さて、わざわざ集まってもらったわけだが……だいぶとんでもない話をする。信じられない、そんなはずがない、ありえない――そんな言葉を聞く気はないからよろしく」

初耳のメンバーもいるため、アタルは前提としてそれを話す。

既《すで》にとんでもないものを見てきた彼らは、ただ素直に頷く。

皇帝が抱《かか》えていた以上のものはそうそうないだろうと、高を括《くく》っていた。

「この間の皇帝との戦いもそうだが、それ以外にも俺たちは魔族や強力な魔物《まもの》と戦ってきた。それは普通の冒険者《ぼうけんしゃ》じゃかなわないくらいには強力な相手だった」

アタルはラーギルのことを思い浮かべながら話している。

しかし、その程度のことは覚悟《かくご》していたらしく、誰一人《だれひとり》として驚く者はいない。

「そして、これが今回の話の本題になるわけだが……邪神とその眷属《けんぞく》とも戦っている」

それを聞いた面々は驚き、声を抑えられずにざわつき始めた。

「やつらは神だ。神と戦うにはそれだけの力が必要になる。これが……神の力だ」

アタルは玄武《げんぶ》の力を身体に纏《まと》って見せる。

「私もっ」

「ほいほい」

「うむ」

『ガウ』

『きゅー』

アタルに続いて、キャロが青龍《せいりゅう》、リリアがダイアモンドドラゴン、サエモンがアメノマの力、バルキアスが白虎《びゃっこ》の力、イフリアが朱雀《すざく》の力と、同じようにそれぞれが内包する神の力を見せていく。

「こ、これが神の力……」

誰かがポツリと呟《つぶや》いた。

アタルたちが纏う神の力を見て、魔力《まりょく》などとは異なる力であることを全員が感じ取っている。

それとともに、それらが強大な力であり、彼らが言うように神の力なのだろうと理解し始めていた。

「冒険者として、ただ魔物と戦うだけだったらここまでの力は必要ないかもしれない」

言いながら徐々に力を抑えていく。

「だが、神と戦うとなると同等以上の力が必要になるんだ。もちろん武器や防具も普通のものではまともに戦うことができない」

アタルたちはそれぞれの武器をみんなに見せている。

「そ、そんなもの全員が用意できるわけじゃないだろ……」

黒騎士の隊長の一人、赤髪《あかがみ》の男が絶望的な気持ちを抱えながら言う。

アタルのライフルは神が作り出したものであり、キャロとリリアの武器もアスラナより譲り受けたものである。

サエモンの刀も特別な素材を、凄腕《すごうで》の刀鍛冶にうってもらう予定であり、もちろん強力な一品になるはず。

それと同ランクのものを人数分用意するのはどう考えても無理である。

「もちろんだ。邪神たちと最前線で戦うメンバーには相応しい武器が必須《ひっす》だ。だが、恐らくは他の魔物たちもやってくることを考えれば最上の武器がなかったとしても、そちらと戦ってもらいたい」

総力戦になるため、邪神と戦えるメンバーだけが揃《そろ》っていても勝つことは難しいとアタルは考えていた。

「なるほど……」

赤髪の男はその言葉に納得を見せる。

「まあ、そうは言ってもみんなの戦力強化は必要になるけどな。今回戦ったような上位魔族と戦えるような実力は求められてくる」

アタルはそう言うと、みんなの顔を見ていく。

今の自分では足りない、と判断する者。なにをすればいいのかわからないという者。これからやらなければならないことを考える者。

反応は様々ではあるが、いずれもが今の自分から成長して、先に進まなければならないと思っている。

「この国では、各部隊で訓練をしていて、横のつながりはなかったんだろ？　だったら、そこを一緒《いっしょ》にして、合同訓練にするだけでも今までよりもできることは広がってくると思うぞ」

と、アタルは可能性の一つを提案した。

昔であれば自分の隊に誇《ほこ》りを持っていたため、他の部隊に教えを乞《こ》うようなことは考えられない。

しかし、闇皇帝との戦いを乗り越えた彼らには、強くなれるのであれば部隊が違うなどということは些細《ささい》な問題である。

「我ら近衛騎士団は合同訓練に賛同する」

「俺たち黒騎士隊もだ」

「我々もです」

近衛騎士団、黒騎士隊、皇都警備隊の長のいずれもがこの方法に賛成した。

「装備を作る職人たちは職人村から解放したから、彼らにきちんと仕事として依頼《いらい》するといいだろう。材料は俺たちも提供するつもりだ」

アタルたちは青龍の鱗《うろこ》を大量に持っており、それをこれまでの国にも配って来た。

更に今では霊王銀《れいおうぎん》も持っているため、それを使って装備を作ることもできるはずである。

「ここからは、俺たちが実際に神と戦った際の内容について話していこう……」

アタルは初めて玄武と戦ったところから始めて、他の四神、宝石竜《ほうせきりゅう》、そして邪神との戦いについて話していく。

最初のうちは強者との戦いの話を楽しく聞いていたが、徐々に内容が苛烈《かれつ》になっていき、アタルたちが命がけになっていくのが伝わってくる。

それが今後、自分たちに降りかかってくるかもしれないと思うと、みんなが真剣な表情になり声を出せなくなっていた。

話し終えてからも、しばらくは沈黙《ちんもく》がこの場を支配する。

それを見たアタルはふうっと一つ息を吐くと、パンパンと手をはたく。

「動揺《どうよう》はわかる。まあ、普通は戦わないような相手だからな」

全員、アタルの言葉に耳を傾ける。

「だがそれが、これから俺らが戦う相手でもある」

アタルは眼に魔力を込めて全員を見る。

威圧《いあつ》ともとれるような強さを持った視線で彼らの覚悟を確認していた。

「悪いが、これくらいで揺《ゆ》らいでもらっては困るんだ。そんな隙《すき》を見せれば、あいつらに潰《つぶ》されてしまうからな」

今もアタルの視線に耐《た》えられずに膝をついてしまう者がチラホラ現れている。

「……さすがにやりすぎたか」

そう言いながら、アタルは魔眼《まがん》の力を解除した。

「これとは違うが、似た力を使うようなやつはいると思う。それに耐えるには、肉体的にも精神的にも強くならなければならない」

アタルはプレッシャーをかけているな、と思いながらもあえてこの話をしていく。

「アタルさんはかなり厳しいことを言っていると思う……でも、僕たちならきっと乗り越えられるはずだよ！」

このタイミングで声をあげたのは、やはりコウタだった。

彼《かれ》のリーダーとしての資質は本物で、必要なところで声をかけ、みんなを鼓舞《こぶ》して、やる気を引き出せる。

（こういう時にはコウタがいると便利だな）

アタルは重苦しい空気を変える一言を誰かに言って欲《ほ》しかった。

そう思っていたところで、コウタがみんなに声をかけたことで、空気が一変している。

「コウタさんが言うなら……」

「彼は確か闇皇帝を打ち倒《たお》した……」

「レジスタンスのリーダーか」

「コウタに言われるとやる気が出てくるな！」

「あの時の彼か」

それはレジスタンスのメンバーだけでなく、騎士《きし》たちにも波及《はきゅう》していく。

みんなの心に戦《たたか》いの火を灯《とも》していくことに成功していた。

「僕たちは互いに敵対していた。でも、これからは国を、世界を守るために戦う同志だ。ともに手を取り合って戦いに臨もう！」

コウタのこの言葉がダメ押しとなり、一気に盛り上がりを見せていく。

そして、これでいいんでしょ？　とコウタが笑顔でアタルに視線を送る。

さすがだ、とアタルは苦笑しながら軽く手をあげて見せた。

この状況に水を差す必要もないだろうと、アタルはいったん話を切り上げて、主要メンバーだけを再度会議室に集める。

「とりあえず、みんなには強くなるための訓練をしてもらって、装備を揃えてもらう。で、俺たちは別の場所にも状況報告に行ってくるつもりだ」

このまま帝国《ていこく》に長居するつもりは毛頭なく、戦いのために動こうとアタルは決めていた。

「わかりました！　声がかかったらいつでも動けるように準備をしておきます！」

コウタは、恩人であり同郷のアタルへの感謝の想《おも》いが強く、なにがあったとしても優先してそちらに協力しようと思っている。

「悪いが、他のみんなもその時には頼《たの》む」

ここでアタルが他のレジスタンス、騎士たちに頭を下げた。

一方的に依頼するのではなく、押《お》し付けるのでもなく、お願いをするという姿勢に彼らも心を動かされる。

「ふう、わかりました。コウタが乗り気のようですし、私たちもお手伝いします」

「我々近衛騎士団も戦いに参加します！」

「黒騎士隊もだ」

その言葉にアタルは満足そうに頷いていた。

（勇者とその一行がパーティに加わった）

こんな言葉が心に浮かんでいる。

こうして、正式に邪神《じゃしん》たちとの戦いに向けた戦力が加わったアタルたちは、これまでに訪れた国へと旅立っていく……。

# 第二話　新しい刀

コウタたちに見送られ帝国を出たアタルたちは、馬車で聖王国リベルテリアへと向かうことになった。

「あ、あの、私も同行していいのかね？」

そんな質問を投げかけてきたのはツルギの父であり、凄腕の刀鍛冶《かたなかじ》職人であるヤマブキである。

アタルたちが帝国を救ってくれた救世主だということを彼はわかっている。そんな大人物の馬車に乗せてもらってもいいのかと、少し恐縮《きょうしゅく》していた。

「問題ないさ。むしろあんたに用事があるから、俺たちのほうが一緒にきてもらいたいくらいだ」

そのアタルの言葉に、サエモンも大きく頷く。

「まずはこの刀を見てもらいたい」

そう言って、腰《こし》の刀をヤマブキへと手渡《てわた》す。

手にした瞬間、彼の顔に緊張が走り、鞘《さや》からゆっくりと引き抜《ぬ》きながら息を飲んだ。

「これは天下名刀の一振《ひとふ》り、ヨシヒラではないか……このような名刀を生きている間に見ることができるとは……」

古《いにしえ》の名工が打ったと言われているヨシヒラ。

これは、ヤマトの国に存在する名刀の一振りとして数えられている。

元将軍であるサエモンだからこそ手に入れることができたが、普通のサムライであれば手にいれるどころか、触《ふ》れるのはもちろん見ることも叶わない。

それが目の前にあることにヤマブキは感動で震《ふる》えていた。

「あぁ。だが……名刀だった、ものだ」

しかし、硬《かた》い表情のサエモンが口にした言葉は過去形である。

「確かにな……」

その言葉に渋《しぶ》い顔をしたヤマブキも同意した。

ヨシヒラは古刀ともいわれるくらいには、年代を重ねた代物《しろもの》である。

しかも、過去にも武器として使われていたものであり、そこにサエモンの戦いも積み重なった。

結果として、一応は刀としての見た目を維持《いじ》してはいるものの……。

「死の手前、といったところだ」

これがヤマブキの見立てであり、サエモンも同意する。

「このヨシヒラに代わる――いやそれ以上の刀を打ってもらいたいのだ」

サエモンは、自分の実力不足でこんな形になってしまったヨシヒラに申し訳なく思っている。

それと同時に、それでも邪神たちと戦う力を得るために、新しい刀が必要になると訴《うった》えている。

「これを超《こ》える刀、か」

ヤマブキは目を細めてヨシヒラを見る。

そして静かに目をつむり、これまで打ってきた刀を思い浮かべていく。

しばらくの沈黙ののち、ゆっくりと目を開いたヤマブキは小さくつぶやいた。

「……難しい」

「だろうな」

アタルはあっけらかんとした様子で、彼の言葉に同意する。

「これまでの刀鍛冶としての人生を思い返して、これ以上の刀を打つには足りないものばかりだと判断したんだろ？　それはそうだろうな」

あくまでも、これまでのヤマブキなら、とアタルは言う。

アタルは彼の実力を冷静に評価しており、これまでの彼であれば打てなかったかもしれないと考えている。

「だが、これからのあんたは違うだろ？」

そして、こう問いかけた。

「これからの、私……」

そう言われても、職人村に収容されていただけの自分が成長したとは思えず、首を傾《かし》げてしまう。

「あんたは刀を打つために必要な最後のピースなんだよ」

「最後の？」

尚更《なおさら》なにを言っているのかわからなくなったヤマブキは訝《いぶか》しげな顔で腕《うで》を組んで、先ほどとは反対側に首を傾げている。

「刀を打つために必要な金属。竜隕鉄《りゅういんてつ》は強力な武器が作れるんだろ？」

「それは……しかし、合わせる金属が……」

それを探すためにヤマブキは旅に出ていた。

収容されていたことを考えればわかるように、彼はその必要な金属を見つけることができていない。

「その金属は俺たちが探して来た。これだ」

アタルは霊王銀の欠片《かけら》を取り出してヤマブキに見せる。

「ッ……こ、これは、すごい力を秘めているじゃないか！　こんな金属はこれまでみたことがない……これなら竜隕鉄と合わせても見劣《みおと》りしない、それどころかアレを超えるかもしれないぞ！」

これにヤマブキは興奮が抑《おさ》えられず、早口でまくしたてた。

「次に出る言葉は恐《おそ》らく量が足りないとかなんだろうが、山ほど用意してあるから安心してくれ」

アタルはいくつもの塊《かたまり》を出して見せる。

それを見たヤマブキはぎょっと身をすくめながら目を丸くしていた。

これほどに強力な金属ということは、希少性が高いことに間違《まちが》いない。

それにもかかわらず、アタルはまるでそこらにある金属と同じようにゴロゴロと出している。

「それで最後にあんたと一緒に刀を打つ、呼吸の合う、やる気のある職人が必要になるんだろ？」

「あ、あぁ」

ここまで言い当てられたことにヤマブキは答えながらも動揺している。

「それも問題なしだ。あんたの息子《むすこ》のツルギに酒をやめさせて、さっきの金属霊王銀を見せて、あんたのことも探してくると言ってある」

まだ問題があるか？　とアタルが表情で問いかける。

「――ふ、ふはは、はははははっ！」

すると、ヤマブキは腹の底から大きく笑い始めた。

「はっはっは、こ、これはすごいな。私が旅に出て全く見つけられなかったものが目の前に大量に用意してあって、私がなにを言ってもやる気を引き出せなかった息子の準備もできているとは……一体全体どんな魔法《まほう》を使ったのだね？」

信じられないことをあっさりとやってのけたアタルに対して、ヤマブキは笑うしかないほどに驚いている。

「魔法じゃなく、足を使った努力の結果といったところだな」

いろんな人の想いを積み重ねてきた結果だとアタルは肩を竦《すく》めながら言う。

「で、これならヨシヒラを超える刀を打てるか？」

ここまで説明したところで、アタルは改めてこの質問を投げかけた。

「打てると思う……いや、必ず打つ！」

ここまで用意してもらって、必要としてくれている人物がいて、そんな彼らは自分を救い出してくれた恩人である。

ならば、その想いに応えなければ刀鍛冶でいる意味がないとすら思っていた。

「ぜひあなたたち親子に、私の魂《たましい》を預けるにふさわしい一振りをお願いしたい」

聞きたかった言葉を聞くことができたため、サエモンは深々と頭を下げる。

「あぁ、こんな素晴《すば》らしい仕事なら大歓迎《だいかんげい》だ、必ずやり遂《と》げて見せよう！　任せてくれ！」

ヤマブキは心が打ち震えており、すぐにでも刀を打ちたいとすら思っていた。

しかし、それはすぐには叶わないため、まずは刀を打つために最善を尽《つ》くしていく。

そこからは、サエモンがどんな刀を求めているのか、どんな戦い方をしてきたのか、どんな風に刀を使っているのか、細かい聴取《ちょうしゅ》をしていくことになる。

それらの詳細《しょうさい》な情報を得ることで、使い手に合わせた刀を打とうとしていた。

ヤマトの国でサムライが使っている名刀と呼ばれるような刀は、そのほとんどが過去の名工が打ったものである。

つまり、使い手であるサムライに合わせた名刀というものは存在していない。

だからこそ、サエモンに合わせた刀を打つことで、より一層彼の戦いに力を与《あた》えてくれるはずである。

「これまでのものはどれも持ち手がしっくりこないものが多く、やや太めのほうが良いのですが……」

「なるほど、あなたは一般的《いっぱんてき》なサムライよりも少し手が大きいようだ」

実際にサエモンの手を触《さわ》ることで、持ちやすさなどにも活《い》かそうとしていた。

「それと、力が乗るようにやや厚めの刀のほうがいいかもしれません」

「ふむふむ、確かに力も強そうだな」

これは実際にヨシヒラを使ってみて、もっと厚く頑丈《がんじょう》なもののほうがいいと思っていたがゆえの意見である。

こうして、リベルテリアに向かう馬車内で新しい刀を打つための情報収集が続く……。


アタルたちが聖王国リベルテリアに到着《とうちゃく》すると、すぐに王城まで案内される。

「おー、アタル殿《どの》。戻《もど》られたか！」

彼らを城の入り口まで来て迎《むか》えたのは、王であるメルクリウスだった。

「ん？　王様がわざわざ来るなんて……暇《ひま》なのか、人手不足なのか……」

まさかの人物による出迎《でむか》えに、アタルは怪訝《けげん》な表情になる。

「い、いやいや、人手が必要なのは確かだが、私が出向いたのは国を救ってくれたみなさんへの敬意《けいい》の表れだ」

まさかのツッコミにメルクリウスは慌《あわ》てながら、自分がやってきた理由を口にした。

「……一体あなたたちは何者なんだ？」

一国の王との気安いやりとりを見て、ヤマブキは何度目かの疑問符《ぎもんふ》を頭に浮かべている。

「うーん、冒険者？」

彼の疑問にリリアが答えるが、ただの冒険者が国を二つも救うなどというのは、あり得ないことだった。

ゆえに、その答えがヤマブキの疑問を更《さら》に深めていた。

「それより、ツルギがどこにいるかわかるか？」

「あぁ、彼ならいつもの場所にいるぞ」

いつもの場所というのが訓練所のことだというのは、リリアとサエモンには思い浮かんでいた。

そこで二人は訓練を重ねており、その周囲でツルギが騎士たちの装備の点検をしている。

それがメルクリウスの言う『いつもの』場所であり、光景である。

「わかった、馬車のことは任せて俺《おれ》たちはそこに行こう。リリア、案内を頼む」

「りょうっかい！」

勝手知ったる他人の家とばかりに、リリアが先導して訓練所に向かっていく。

「ちょ、ちょっと待て、王に馬車を預けるのか？」

まさかの対応にメルクリウスは面喰《めんく》らっており、すたすたと進んでいくアタルたちの背中に声をかける。

だが、彼らの足が止まることはなかった。

結局馬車は兵士たちが移動させてくれることになったが、慌てたメルクリウスが追いついたのはちょうどアタルたちが訓練所に到着したタイミングだった。

「……ち、父上！」

「ツルギ！」

そして、今まさに感動の再会のシーンが始まろうとしていた。

互《たが》いの姿を確認した二人は、そのまま走って互いのもとへと向かっていく。

「うぅ、感動的な光景だ……」

中にはそれを見て涙《なみだ》を流す騎士もいる。

「いや、あれは……」

しかし、アタルだけはなにかがおかしいことに気づいていた。

「うおおおお！」

「うらあああ！」

掛《か》け声がおかしいことに、他の者たちも気づき始める。

「この、一人で出ていきやがってええええええええッ！」

「馬鹿息子が、やっとまともになったかあああああああッ！」

二人の走る速度はどんどん上がっていき、拳《こぶし》を振《ふ》り上げていた。

そして、二人が衝突《しょうとつ》する。

「ぐあああああああああああ！」

互いの拳がそれぞれの顔面にめり込《こ》んで、そのまま後方に吹《ふ》き飛んでいった。

まさかの光景に、その場にいた全員が唖然《あぜん》としている。

「いってえだろうがあああ！」

怒《いか》りに声を荒《あら》げたヤマブキは頬《ほお》に強い痛みを感じながら立ち上がって、再度ツルギへと向かっていく。

「くそ親父《おやじ》があああああ！」

対して、ツルギもジンジンと痛みを訴える頬を気にせずに、拳を握《にぎ》りしめてヤマブキへと向かって行った。

そこからしばらくの間、拳の応酬《おうしゅう》という親子喧嘩《げんか》が続く。

ツルギがリベルテリアで過ごす間に気心知れる仲となった騎士たちは苦笑いで見守っている。

だがそんな喧嘩も職人である二人は慣れているわけはなく、余力がなくなったのか徐々に言い合い程度の子どものケンカのようになっていった。

その頃《ころ》になると、みんなの興味もなくなっていき、それぞれ訓練へと戻っていく。

「やあああ！」

「なんのおおお！」

リリアはといえば、お気に入りの相手であるハルバとの模擬《もぎ》戦闘《せんとう》を行っており、騎士たちの注目もこちらの方が多い。

二人は真剣《しんけん》勝負も、模擬戦闘も何度も繰《く》り返してきているため、互いの癖《くせ》のようなものを理解している。

だからこそ、接戦になっており、状況《じょうきょう》を覆《くつがえ》すために頭をフル回転させている二人の戦いは、見ていると自然と力が入ってしまう。

「二人の模擬戦闘はいつ見ても刺激《しげき》になるな。見ているこっちまでうずうずしてくる」

メルクリウスは騎士たちを指揮する者として日ごろから訓練に参加しており、剣《けん》の腕前《うでまえ》

も相当なものである。

ハルバとの模擬戦闘も行っている身としては、あそこまで彼の実力を引き出すことができるリリアに嫉妬《しっと》の思いが浮かんできていた。

「だったらキャロかサエモンとやってみるか？」

アタルがそんな提案をすると、メルクリウスの目が輝《かがや》く。

「いいのか？」

まさかアタルたちの誰《だれ》かと手合わせすることができるとは思ってもみない提案であり、まるでおもちゃを前にした子どものような反応を見せる。

「二人はどうだ？」

「ふむ、なら私がお相手しよう」

サエモンは自らメルクリウスの相手を買って出る。

「おぉ、それはありがたい。是非《ぜひ》頼《たの》む！」

二人がそう話しながら、訓練所の空いたスペースに移動していくと、他の騎士たちは訓練の手を止めて二人の戦いを遠巻きに見守っていく。

サエモンは刀を鞘に納めたまま。

メルクリウスは王家に伝わる聖剣《せいけん》プロミネンスを抜く。

「では、私から動こう」

「どうぞ」

この会話が模擬戦闘開始の合図となる。

「せやあああああああああ！」

走りながら剣に魔力をこめていくメルクリウス。

彼の持つ武器は代々伝えられてきた聖剣で、流された魔力を燃やして切れ味を鋭《するど》くしていく武器だ。

二人の距離《きょり》がどんどん近づいていくが、サエモンは目を閉じたまま動かない。

刀を抜くこともしない。

「あ、危ないぞ！」

「王様の攻撃《こうげき》が！」

このままではサエモンが一方的にやられてしまうと見た騎士たちは、そんな悲鳴にも似たような声を上げている。

「――危ないのはメルクリウスの方だな」

そんななか、アタルはポツリと呟き、隣《となり》にいるキャロも真剣な表情で頷《うなず》く。

実力があるとはいえ、メルクリウスの動きはサエモンに完全に見切られている。

だからこそ、彼はこれから放つ攻撃にだけ集中できていた。

「せい！」

その一言とともに、サエモンの一撃《いちげき》が放たれる。

スピードに乗っていたメルクリウスはそれを回避《かいひ》することはできず、攻撃を喰らってしまう。

アタルとキャロ、サエモンもそう思っていた。

「ふん！」

しかし、それは現実にはならない。

メルクリウスは強引《ごういん》に足を止めて、紙一重でサエモンの居合による一刀を回避していた。

「そう来るだろうと思っていた」

最高速から急停止をかけ、そこからさらに最高速に一瞬《いっしゅん》で持っていく。

王として鍛《きた》え上げられたメルクリウスの身体はそんな無茶《むちゃ》が行えるほどに、強固なものだった。

「なんの！」

それに対して、サエモンも一瞬のうちに納刀して、次の攻撃に移っている。

どちらが速いか。

瞬《まばた》きをしてしまえば結末を見逃《みのが》してしまう——そんな一瞬の間に決着はついた。

「ふっ、さすがだな」

「そちらこそ」

結論からいえば、二人の攻撃速度、攻撃の威力《いりょく》はほぼ同等。

「武器破壊《はかい》は成功したのだがな」

少し残念そうなメルクリウスが言うように、サエモンのサブの刀が見事に折れてしまっている。

「まさか折られるとは思っていませんでしたよ」

しかし、サエモンは短くなった刀をメルクリウスの首元に突《つ》きつけていた。

「ど、どっちが勝ったんだ？」

「武器を壊《こわ》したのなら王様の勝ちだろ？」

「い、いや、だが、あの状況を見たら相手のほうが致命的《ちめいてき》な攻撃をしているのでは？」

見ている者たちは、勝敗を決めようと議論を始めていく。

「いやいや、引き分けだろ」

それはアタルのこの一言によって終止符《しゅうしふ》を打つこととなった。

「武器が壊れたらこの後の戦いに困るだろ？　だけど、武器が壊れたとしても相手の命を奪《うば》ったらそれも勝ちだ」

アタルは改めて、彼らが議論していることに対する考えを口にする。

「つまり、どちらにも勝ちの可能性はあったたし、負けの可能性もあった。殺し合いたいわけじゃない以上、そこでどちらが勝ったか証明しても意味ないだろうさ」

勝ち負けをつけたがる騎士たちに向かっていうと、アタルは肩《かた》をすくめる。

「これはあくまで訓練だ。そして、あんたたちの王様であるメルクリウスがどれだけの実力を持っているのかを披露《ひろう》するタイミング。それと同時に俺たちの仲間の一人、サエモンの力を見せることで改めて俺たちの力をわかってもらうタイミングだっただけだ」

自分たちの考えが浅かったのだと思い知らされた騎士たちはなるほどと頷く。

「いや、今のは私の負けだ。武器が壊れなければ、そのままこちらの一撃は弾かれて、強《きょう》烈《れつ》な攻撃をくらっていたはずだからな」

苦笑《くしょう》したメルクリウスはそう言いながら戦闘《せんとう》態勢を解いた。彼は今の戦いで、自分がサエモンに劣《おと》っているということをひしひしと実感していた。

「いやいや、そこまでの差は……」

なかったと少しうろたえたサエモンが言おうとしたが、メルクリウスは大きく首を横に振る。

「今の戦い、私はかなり本気で挑《いど》ませてもらった。しかし、サエモン殿は力をかなり抑えていたように見えた」

メルクリウスはふっと笑う。

それくらいは見抜《みぬ》ける目をもっているのだ、と暗に語っている。

「……ええ、そのとおりです。あくまで模擬戦闘ですので、全力を出す必要はないと思いました。一国の王に怪我《けが》をさせては問題ですからね」

もしそうなってしまえば、騎士たちからの反感を買ってしまいかねない。

「まあ別にボコボコにしてやってもよかったけどな」

「なっ！」

「おいおい」

軽いアタルの発言にギョッとしたサエモンは驚《おどろ》き、メルクリウスは呆《あき》れ顔になっていた。

「俺たちがこれから戦う相手は、そんな油断や手抜《てぬ》きなんかは一切《いっさい》してくれないし、する必要もない相手だ。それに、訓練の時から本気でやらずに、本番でまともな動きをすることはできないぞ」

この指摘《してき》に、二人だけでなく騎士たちも痛いところを突かれたと、苦い顔になっていく。

「あれを見てみろ」

そう言ってアタルが指し示したのは、リリアとハルバである。

先ほどの戦いの間も、リリアとハルバは戦う手を止めずに模擬戦闘を続けていた。

しかも、その戦いぶりは本当に模擬《もぎ》なのか？　と突っ込みたくなるほどには、苛烈なものだった。

「ふふっ、ハルバはまた強くなってるねえ！」

「そっちこそな！」

本気でぶつかれる相手との戦いは相当刺激的《しげきてき》らしく、二人は互いに褒《ほ》めあい、しかし決して手を抜くことなく、当たれば致命傷《ちめいしょう》になるかもしれないという攻撃を繰り出しあっている。

「まあ、あいつらはちょっと異常だけど、勝ち負けを考えるのはあのレベルで本気になってたらでいいだろう。おーい、お前たちもいい加減そろそろ切り上げろ！」

アタルが二人に向けて、玄武《げんぶ》の力を込めた威圧を放つと、ピタリと手を止めた。

「ちぇっ、いいところだったのになあ」

不満いっぱいに唇《くちびる》を尖《とが》らせながらリリアはアタルたちのもとへと戻ってくる。

「いやいや、リリアの相手はなかなか骨が折れる」

やり過ぎたかと笑顔《えがお》を見せたハルバは、口では文句を言いつつもそれでいてまんざらでもない表情でいる。

「周りにいい影響《えいきょう》を与えるのはいいんだが、やりすぎると周りがひいていくから、ほどほどにしてくれ……で、どうだった？」

質問を投げかけた相手は、ヤマブキとツルギである。

さすがに二人の親子喧嘩は止まっており、先ほどのサエモンたちの戦いに見入っていた。

「とんでもない実力だな……」

ヤマブキはサエモンがあれで本気ではないと聞いて、呆気《あっけ》にとられている。

「や、やはり、すごいですね」

ツルギはこれまでにも何度かサエモンが模擬戦を行う場面を見たことはあったが、メルクリウスほどの使い手を相手にした場合にあれだけ動けるということに驚いていた。

「どうだろう、私に刀を打つ気持ちは高まっただろうか？」

実力の一端《いったん》は見せた。

そのうえで、改めて彼らが刀を打つにふさわしいと判断してくれたか、サエモンは真剣な表情で尋《たず》ねる。

自分の魂といっていい一振りが欲しいサエモンにとって、いくらいい材料や手段をそろえても職人である彼らが納得《なっとく》して本気で製作してもらえなければ意味がないからだ。

「「もちろんだ（です）！」」

喧嘩してボロボロの状態ながらもやる気がみなぎった様子の二人は息もピッタリな返事をした。

「「むっ」」

それに不満を持ったのか、互いに見合う。

「はいはい、仲がいいのも悪いのもわかったから、そのへんでやめておけ」

ここでもアタルが仲裁《ちゅうさい》に入る。

「とにかくサエモンの力を二人が認めてくれたのはよかった。これでやっと刀づくりのめどがたったわけだが……あとは、メルクリウスとテンダネスに話をしておこうか」

「あぁ」

アタルの言葉に、メルクリウスは頷いた。

ここからは一介《いっかい》の剣士《けんし》としてではなく、聖王国リベルテリアの王として、そして世界を憂《うれ》う一人として話を聞くことになる。

「そんなことがあったのか……」

「相変わらずあなた方は……」

メルクリウスは神妙《しんみょう》な表情で、冒険者《ぼうけんしゃ》ギルドマスターのテンダネスは呆れた様子でそれぞれ反応を示す。

「恐らくだが、そう遠くない未来に邪神たちとの本格的な戦いがあるはずだ」

アタルは終わりが近いと言っていたラーギルの言葉を思い出しながら二人に話す。

この国では邪神と実際に戦ったことがある。

そして、アタルたちからも既《すで》に話を聞いている。

だが、それが現実に近づいてきていると聞いて、二人は無言になってしまう。

窓の外からは訓練をしているみんなの声や、武器がぶつかり合う音が聞こえてくる。

「とにかく、みんな強くなってほしい」

これはただ希望を口にしているのではなく、そうしなければ勝つことができないかもしれないという切実な思いによる言葉だった。

「……そんなに、か」

アタルの話を聞く限りでは、リベルテリアを舞台《ぶたい》にした邪神との戦いでは、邪神たちはまだまだ本気ではなかったと感じる。

つまり、あれを遥《はる》かに超える戦いが待ち受けている、と。

「そんなに、だな。邪神たちと戦うことになったら、メルクリウスでさえ戦力になるかならないかくらいなものだ」

「「………」」

先ほどの沈黙《ちんもく》はどうしたものかと悩《なや》んだ末のものだったが、今度は言葉が出ない、まさに絶句した状態である。

「やってもらいたいことを改めて言うが、メインとして戦える者の選抜《せんばつ》、そいつらが今以上に強くなれるような訓練」

これは、アタルたちとともに戦える主要戦力。

「それ以外の者たちには、魔物《まもの》たちと戦ってもらうことになるから、それはそれで戦力アップをしてほしい」

ラーギルが魔物を用意するとはもちろん聞いていない。

しかし、こちらの戦力を削《そ》ぐと考えた場合、魔物を頭数として用意することが考えられる。

「承知した。ハルバだけでなく、他にも心当たりに声をかけてみよう。師匠《ししょう》」

「えぇ、元冒険者にも声をかけなければだね……」

既にメルクリウスは使えそうな冒険者を思《おも》い浮《う》かべており、行っていいと言われれば飛び出さんばかりにそわそわし始めていた。

「頼んだ。それと、知り合いの王様とか冒険者やギルドマスターとかにも声をかけてくれ。俺が知っている場所は直接行って話をするつもりだが、この世界は意外と広くて知らない国のほうが多いからな。話ができるのはここと、帝国《ていこく》と、ヤマトの国と……」

ぶつぶつ言いながら、アタルはこれまでに立ち寄って来た国や街を指折り数えてみる。

エルフの国、巨人《きょじん》の国、獣人《じゅうじん》の国、妖精《ようせい》の国、竜人族《りゅうじん》の集落、砂漠《さばく》の地下、あといくつかの街を巡《めぐ》ってきていた。

これでも個人とすれば多いほうではあるが、全てを網羅《もうら》しているとは言えない。

長い旅を続けてきたが、まだまだ世界は広いとアタルは思っていた。

「いやはや、そんなにもツテがあるとは……きっとあなたたちのことだ、各国で人々を助けてきたのだろうな」

その姿を二人は容易に想像できている。

「別にやりたくて人助けをして回っているつもりはないんだが、もののついでってところだ。神の力なんてのも、最初は手に入れたのもたまたまだからな」

アタルは適当に出した弾丸《だんがん》に玄武の力を込めて見せる。

そもそもの始まりは、アタルが玄武の力を吸収したことに始まっていた。

あの時は狙《ねら》ったわけではなく、討伐《とうばつ》したあとにその力を自然に吸収したという経緯だ。

「ついで、ついでか。きっとアタル殿はそういう星のもとにあるのかもしれないな。たまにいるんだよ、世界に波紋《はもん》を落とす、そんな運命に生きて、驚くような実力を持つ者っていうのはね。引き連れている仲間もかなりの力を持っている者たちが揃《そろ》っているのもおそらくそれだろう」

リリアの力は訓練で何度も見ている。

先ほどサエモンの力も改めて確認《かくにん》しており、メルクリウスより強いというのも実感させられていた。

もちろん邪神《じゃしん》との戦《たたか》いでアタルたちが活躍《かつやく》したため、その力にはもともと疑いはなかったが、更なる説得力を持たせている。

「というわけで、俺たちはそろそろ出発するつもりだ。ヤマトの国に行って、サエモンの刀を打ってもらわないとだからな」

職人は揃った、素材も揃った、使い手の実力も見せた。

となると、あとは工房《こうぼう》に置いてきた竜隕鉄と使い慣れた作業場があれば作ることができるだろう。

「そうか、できるならばもっと滞在《たいざい》して騎士《きし》たちに稽古をつけてもらいたいところだったが……」

「冒険者たちにもだな」

メルクリウスにテンダネスが続く。

交流訓練は行っているものの、規律正しい騎士たちは自由過ぎる冒険者に対して良い印象を持っていない。

それは冒険者からしても同じことであり、自分たちに決まりを守るよう強制してくるような口ぶりの騎士に辟易《へきえき》していた。

「だったらギルドに立ち寄って声だけでもかけてみるか」

「おぉ、そうしてくれるかい！」

その申し出を聞いたテンダネスは、アタルの手をとって立ち上がり、目をキラキラと輝かせていた。

自由を信条とする冒険者を縛《しば》ることは難しく、テンダネスも頭を悩ませている。

そこで、件の戦いの英雄《えいゆう》たちが現れれば冒険者たちのやる気を引き出すことができるかもしれないと思っていた。

「それじゃ、早速《さっそく》行くとしようか」

アタルはすぐに動こうと立ち上がる。

「えっ？　今？」

まだ話をするのだろうと思っていたため、テンダネスは間抜《まぬ》けな声を出してしまう。

「あぁ、思い立ったが吉日《きちじつ》なんて言葉が俺の故郷にあってな。後回しにしても仕方ないし、すぐに向かおう。幸いまだ日は高いからな」

驚くテンダネスに当然だろ？　と言った風に返答する。

「わ、わかった。メルクリウス、ではまたな」

「は、はい。アタル殿は戻ってくるんだろ？」

まさかこれでさようならではないだろうと、メルクリウスが確認するが、アタルは首を横に振る。

「伝えることは全て伝えたから、ギルドに寄ったあとはそのまま出発するつもりだ。じゃあな」

「あっ……」

まだ話したいことがあったメルクリウスは声をかけようとしたが、アタルたちが出て行った扉《とびら》はすぐにしまってしまった。

それからアタルは訓練所に行き、残っていたみんなに声をかけて出発の準備をさせる。

滞在していたのはツルギだけであるため、すぐに出発することができた。

「ハルバ、またね！」

「あぁ、次に会うのが楽しみだな」

満面の笑《え》みを浮かべたリリアとハルバは豪快《ごうかい》に握手《あくしゅ》をすると、次に会った時の互いの成長を楽しみにしながら別れの挨拶《あいさつ》をする。

「じゃ、みんな。期待しているからな」

最後にアタルはこの言葉をみんなに投げて、出発していく。

戦いが始まるまでは、会うことはないかもしれない。

そう思っているからこそ、重い言葉ではなく軽い、しかし気持ちをこめた言葉を選んでいた。

「「「はい！」」」

彼《かれ》らは敬礼をしてアタルたちを見送る。

その胸には、必ずもっと成長してみせるという思いが詰《つ》まっていた。

アタルたちが冒険者ギルドに顔を出すと、わあっと歓声《かんせい》が上がった。

「なんだ？」

「わ、わわわっ」

「ど、どど、どうしたの⁉」

冒険者たちがアタルたちのもとへと集まってきたため、三人は動揺《どうよう》してしまう。

ちなみにバルキアスとイフリアは馬車で待機しており、サエモンは前回の戦いには参加していないため、三人より少しあとから入ってきており、注目されていない。

「あなたたちのおかげで、国が救われました！」

「みなさんの戦いぶり、少しだけ見ましたがすごかったです！」

「あ、あのリリアさん！　城の訓練では指導ありがとうございました！」

アタルとキャロの戦いぶりを知っている者、そして城での訓練の際にリリアにアドバイスを求めた者など、三人に関わりのある者たちが次々に声をかけてくる。

「いや、ちょっと」

「う、うぅ」

「そんなに、押さないでー！」

あまりに大勢が集まってくるため、押《お》し合いになってしまい、アタルはなんとか女の子である二人を守ろうとしているが、あまりにも人数が多すぎる。

「この……」

どうしてやろうかと、アタルが苛立《いらだ》ちを動きにしようとした瞬間《しゅんかん》。

『あおおおおおおおおおおおおおおおおおおおおおおおおん！』

キャロたちのピンチを感じ取ったバルキアスが助けに来て、白虎《びゃっこ》の力を込めた遠吠《とおぼ》えをあげた。

「あが……」

一瞬で気を失う者。

「ぐはっ」

膝《ひざ》をついて今にも倒《たお》れそうな者。

「はあ、はあ、はあ、な、なんだ？」

なんとか耐《た》えたが、胸のあたりを押さえている者など、かなりの人数がまともに立っていられなくなっている。

「くっ、あの狼《おおかみ》。普通《ふつう》じゃないな」

耐えている者でも、バルキアスの遠吠えが尋常《じんじょう》ではないことを感じ取っていた。

「あれは確か、邪神との戦いの時にもいた……」

もちろん、バルキアスのことを覚えている者もいる。

「ナイスだ、バル」

「バルくん、ありがとうございますっ！」

「ふう、もう少し遅《おそ》かったら槍《やり》で串刺《くしざ》しにしてるところだったよ……」

物騒《ぶっそう》な発言がリリアから出てきたが、バルキアスが機転を利《き》かせてくれたおかげで、冒険者たちの動きを、殺さずに制することができた。

「全く、お前たちはなにを考えているんだ……」

急に押し寄せてきた冒険者たちを、アタルは呆れたような眼差《まなざ》しで見下ろしている。

「はあ、はあ、い、今のはいったい？　はあ、はあ」

遠吠えを聞いて駆《か》けつけたのはギルドマスターのテンダネスである。

彼は先に冒険者ギルドに戻っており、到着したら受付嬢《うけつけじょう》に伝えてほしいと話していた。

しかし、冒険者たちの暴走があったため、その前に惨状《さんじょう》が出来上がっている。

「よう、早速来てみたぞ」

何事もなかったかのようにアタルが声をかける。

「あっ、テンダネスさん、さっきぶりですっ」

「久しぶりってほどじゃないけど、こんにちはー」

キャロとリリアもそれに続く。

サエモンは冷静にペコリと頭を下げるが、やはり彼も目の前の光景には触《ふ》れない。

「やあ、こんにちは、久しぶり」

とりあえず、三人の言葉に順番に返事をし、サエモンにされたように頭も下げる。

「……って、そうじゃない！　いやいや、違《ちが》うよね？　これはなに？　なんで冒険者たちのほとんどが倒れているの？」

思わず挨拶したテンダネスだったが、それどころじゃないと慌ててツッコミをいれる。

「俺たちが来た、こいつらが集まって来た、バルキアスが遠吠えで威圧《いあつ》。耐えられないやつは倒れる」

「なんでカタコトみたいなしゃべり方なんだ……でも、まあ、理由はわかったよ。彼らが悪いから仕方ないけど、床《ゆか》に転がしておくわけにはいかないか。みんな手を貸してくれ」

この街の冒険者たちにとってアタルは英雄みたいな存在であったため、彼らを見かけて気持ちが高ぶってしまうものがいることは容易に想像できた。

状況を即座《そくざ》に理解したテンダネスは、苦笑気味に周りのまだ動ける冒険者に声をかけた。

「あぁ、それなら俺に任せてくれ」

そう言うと、アタルは拳銃《けんじゅう》を取り出した。

アタルの武器が特殊《とくしゅ》なものであり、これもそうだとわかる者もいる。

しかし、なぜここで武器を取り出したのかがわからない。

「それじゃ、気つけ弾《だん》」

意識がない者たちに向かって、その弾丸を撃《う》ちこんでいく。

「なにを！」

驚いたテンダネスがアタルを慌てて止めようと駆け寄る。

「見ろ」

アタルが指さした方向を見ると、そこには先ほどまで気絶していた冒険者が起き上がっているのが見えた。

「俺の弾丸は色々な効果を持っている。そのうちの気つけ、つまり気絶しているやつらを起こすための弾丸を使ったんだ」

「な、なるほど……」

早合点《はやがてん》してしまったことを恥《は》ずかしく思いながらも、アタルの言葉に納得する。

「で、こいつらのやる気がないんだったか？」

「いや！　ちがっ！」

その質問をここでされるとは思ってもみなかったテンダネスは慌てて否定する。

「違うのか？」

「いや、違わない、が……」

今言うのか？　とジト目で訴えてくる。

「さっさと話した方がいいだろ」

アタルたちはギルドカウンターの中に入ると階段を上って、上から冒険者たちを見下ろせるようにした。

「みんなの中には、既に城の騎士との合同練習に参加したやつもいると思う」

アタルは顔を順番に見ながら話していく。

この言葉のとおり、既に参加した者は頷いて見せるが、参加したことはあるものの素直《すなお》に頷けない者もいるようだった。

「見たところ、あんまりやる気はない、もしくは不満があるみたいだな」

この言葉には頷く者も増えてくる。

「そもそも冒険者と騎士じゃ意識が違うから、あわないのは当然のことなんだよな。だけど、俺はそれが分かったうえであえて合同訓練なんていうものを提案したんだ」

それを聞いた冒険者たちは、アタルのことを睨《にら》みつける。

そもそもの元凶《げんきょう》はこいつだったのか、と怒りすら湧《わ》いているようだった。

「これまではあまり広めないようにしていたんだが、みんなの気持ちを考えて話すことにしよう」

アタルは、ラーギルの暗躍《あんやく》や邪神の復活に関して、上層部以外には話していない。

しかし、このままでは不満がたまる一方であるため、アタルは情報を開示するつもりがあった。

どうせ遅かれ早《はや》かれ、ラーギルをはじめとする邪神たちとの戦いにこの世界の者たちが巻き込まれるであろうことはわかっていた。

知ったうえでどうするかは自由をモットーとする冒険者たちのスタイルにゆだねてもいいのではないかという判断だった。

「ここにいる冒険者の中には邪神との戦いに参加していた者もいると思う……」

まずアタルは前提から話を始めていく。

「参加していなくても話に聞いた者もいるだろう」

この二つに頷く者は多い。

「聞いたことのない者に説明をすると、邪神という名のとおり……神だ」

この話を聞いて、一部の者がざわつく。

これまで、自分たちの力量に合わせた獲物《えもの》を倒して報酬《ほうしゅう》を得て、日々を暮らすという生活を送って来た冒険者たち。

そんな彼らにとって、神と戦うなどというのは信じられない上に、なぜ自分たちが戦わなければならないのかと疑問に思っている。

「そいつらの目的は、この世界そのものだ」

その疑問の答えがここにある、とアタルが答え、静まり返った。

「邪神とまともに戦うことができるのは恐《おそ》らく最低でもSランク以上の実力が必要だ。その眷属《けんぞく》の神々も同様だろう」

衝撃《しょうげき》が広がっていく。

「じゃあ、俺《おれ》たちがいたって意味はないんじゃゃ……」

「Sランクだなんて夢のまた夢だろ」

「なんで私たちまでそんな危険なことに巻き込《こ》むのよ！」

アタルの説明を聞いた冒険者たちは不満を口にしていく。

それは他の者たちにも広がっていき、エントランス内に喧騒《けんそう》が広がる。しばらく様子を見るが、静まることはなくどんどん大きくなっていく。

「しーっ」

ここでアタルは自らの口元に人差し指をあてて、優《やさ》しく静かにするように促す。

すると、不思議とエントランスは静まり返った。

「そうだ。まだ話は続くぞ」

だから、黙《だま》って話を聞け、とアタルは言う。

もちろんただしーっと言っただけでなく、玄武の力をこめていた。

しかし害をなすためではなく声を届かせるために。

ゆえに、彼らは自然と口を閉じていた。

「敵は邪神やその眷属、そしてやつらを利用しようとしている魔族《まぞく》とその仲間だ。が、戦う相手はそいつらだけじゃない。各地で魔物たちが活性化する可能性があるし、戦いの場にも多くの魔物がいるだろう」

どこが戦う場になるかわからないが、世界そのものを狙う相手ならば、この世界のいたるところに攻《せ》め込むというのがアタルの予想である。

「なるほど、この国に魔物たちが攻め込む可能性もあるということか……」

「それなら私でも役にたつかも」

「俺たちの戦いもあるんだな」

それぞれに役目があり、各自に活躍の場があると聞いて、やる気が出始めている。

「これは俺たちだけの戦いじゃない。みんなの戦いで、みんなで世界を守るんだ。力を、貸してくれ」

「「「おおおおおおおおおおお！」」」

それに呼応するように、冒険者たちが手を挙げて大きな声をあげていく。

こうして、冒険者たちの心をつかむことに成功する。

アタルは心の中でこういう熱い言葉はコウタが言いそうなことだなと思いながらフッと軽い笑みを浮かべていた。

（さすがアタル様ですっ！）

隣にいるキャロはアタルの有能さに心の中で大拍手《だいはくしゅ》を送っている。

（やっぱアタルはすごいなあ）

歓声をあげる冒険者たちを見てリリアも同じように感心していた。

その様子を、サエモンとバルキアスは離《はな》れた場所から頷きながら見ている。

『ふわあ、早く出てこないものか……』

そして一人留守番をしていたイフリアは退屈《たいくつ》そうにあくびをしながら、馬車で待っていた。

それからアタルたちはヤマトの国へと向かって行った。

まずは首都には向かわずに、クロガネ村でサエモンの刀を打つことにする。

「それほど経《た》ってないはずだが、ここに戻《もど》るのも久しぶりな気がするな……」

クロガネ村の前に立ったヤマブキは感慨深《かんがいぶか》げに目を細める。

そもそも彼は新しい金属を求めて旅に出ていた。

アタルたちほどの足を持っているわけではなかったため、ゆっくりとした旅路の上に帝国に捕《と》らえられていたため、自然と長い旅だったなと思わされていた。

「全く、今度また旅に出ることがあるなら書き置きだけじゃなく、ちゃんと俺たちに相談してからにしてくれよな」

隣《となり》に立つツルギは父親が衝動的《しょうどうてき》に動いてしまう癖《くせ》をなんとかしてほしいと思っていた。

「仕方ないだろう。竜隕鉄《りゅういんてつ》をただしまっておくわけにもいかない。他の金属が必要となれば探しに行くしかあるまい」

職人としてのこだわりから気になったことがあれば、そこに真っすぐ進んでいく。

それはヤマブキの長所であり、短所である。

「はあ、だから行くなとは言ってないだろ？　俺たちにあらかじめ出ていくっていう説明をしろ、って言ってるんだよ」

「いや、まあ、だけどな……」

ツルギが冷静に返すと、ヤマブキは言葉に詰まってしまう。

正論で返されてしまっては、それを怠《おこた》って旅に出たというのが事実であるため、返す言葉がなかった。

「とりあえずサヤが待っているだろうから、工房に行くぞ」

二人だけで色々話しているところに、アタルがもう一人の重要人物のことを思い出させる。

「……あいつ、怒《おこ》ってる、よな？」

名前を聞いたヤマブキはサヤのことを思い出すと、彼女《かのじょ》が激怒《げきど》している姿がありありと浮かんできており、青い顔で震《ふる》えだす。

「あー…………どうだろ」

ツルギ自身も彼女に怒られ、ケツを叩《たた》かれて動き出した立場であるため、彼女が怒っている顔がありありと浮かんでいる。

自分自身も帰ってくるまでに時間がかかってしまっていることから、それが妹の怒《いか》りに触れてしまうのかもしれないと考えていた。

それが父に向けられるものなのか、自分に向くものなのか考えこんでしまう。

「ま、行ってみればわかるだろ。さっさと帰るぞ」

そんな二人の反応などお構いなしで、アタルはずんずん先に進んでいく。

「さ、行きましょうっ！」

「そうそ、行くよー！」

「「ちょっ」」

キャロとリリアに背中を押された二人は、そのまま体勢を崩《くず》されながら、強制的に工房へと足を進めていくことになる。

街の中を進んでいくと、他の住民たちがヤマブキとツルギの帰還《きかん》を喜んで声をかけてきた。

「お、おう」

「ただいま」

気もそぞろに返事をしながらも、工房への道を急がされる。

娘《むすめ》に、妹に怒られるのではないか、という緊張《きんちょう》が二人に襲《おそ》いかかっていた。

そんな中、最もこの場で緊張しているのはサエモンである。

(果たしてどのような刀が……いや、そもそも成功するのであろうか？)

人のことであれば、きっと大丈夫《だいじょうぶ》だ。

そんな言葉が自然と浮かんでくるものだが、サエモン自身の刀ということもあって不安な言葉が先に浮かんできていた。

「――大丈夫だ」

そこで一番言ってほしい言葉を口にしたのは、アタルだった。

「不安、なんだろ」

「……えっ？」

そして、心の内を言い当てられたことにサエモンは動揺する。

「人のことっていうのは冷静に見られるもんだ。だけど、自分のことになった途端《とたん》、冷静さなんていうのはどこかに消えてしまう」

それでもかまわずアタルは言葉を続けた。

「だけどな、俺もキャロもリリアもお前もバルもイフリアも、サヤもツルギもヤマブキも、誰《だれ》もがお前の新しい刀を打つために全力を尽《つ》くした」

言葉には出てこないが、その他の尽力《じんりょく》してくれたみんなの想《おも》いもアタルは大事に思っている。

「それだけの想いが終結して、そして想いだけじゃなく必要な物が揃ったんだ。竜隕鉄、霊王銀《れいおうぎん》、二人の職人、刀の使い手」

アタルが列挙していくと、徐々《じょじょ》にサエモンの不安が取り除かれていく。

（ただ、まだ足りないものもあると思うけどな……）

大丈夫だとは言ってみたものの、刀を打つうえで必要なものがまだあると思っている。

しかし、二人がなんとかするのかもしれないと思い、あえて口に出さずにいた。

「――どの面下げて帰ってきたのよッ！」

少し安堵《あんど》の表情をしたサエモンとともにアタルが考え事をしながら工房に向かっていると、先に到着《とうちゃく》したヤマブキの顔面にちょうど大きな桶《おけ》が命中しているところだった。

「うぐっ……」

不意打ちを食《く》らったのか、避《さ》けられなかったヤマブキは痛みに顔をゆがませている。

「勝手に一人で飛び出していってさ……！」

桶に入っていたであろう野菜がバラバラと転がるのも構わず、大粒《おおつぶ》の涙《なみだ》をこぼして顔を真っ赤にしながら大きな声を出しているのは娘のサヤだった。

彼女は怒りのままに手元にあったものを父親へと投げつけると、そのまま近寄って不満をぶつけるように無抵抗《むていこう》でいる父親の胸板《むないた》をドンドンと拳《こぶし》でたたいている。

彼女が怒るところは幾度《いくど》も見てきたが、これほど感情をあらわにするサヤを見たことがなかったようで、ヤマブキは呆然《ぼうぜん》としてしまう。

「ちょ、ちょっと、サヤ。し、死んじゃう、親父《おやじ》が死んじゃうって！」

そんな彼女を後ろから羽交《はが》い絞《じ》めにして、ツルギがなんとか引きはがそうとするが、彼女は怒りで我を忘れているらしく、彼の力では止めることが叶《かな》わない。

「リリア」

「はいはい」

アタルに言われて、リリアが無理やり剥《は》がしていく。

「ちょ、ちょっと！　放してください！　まだ私は殴《なぐ》り足りないんです！」

「よっと」

まだ暴れようとする彼女の首筋に手刀をポンっとあてて、意識を失わせた。

リリアとツルギが先に工房に入ってサヤをベッドに寝《ね》かせに行っている間に、呆然としていたヤマブキがハッと我に返った。

「サ、サヤ……」

「あいつならリリアたちがなだめてる。問題なく動けるようなら中に入って素材を改めて確認してくれ」

アタルは話を切り替《か》えて、作業に入ってもらうように促《うなが》す。

「おぉ、そうだったな。竜隕鉄との相性《あいしょう》も考えないとならないからな」

刀の話になると、職人であるヤマブキの意識もそちらに向いたようで、思い出したように工房へと入っていく。


久しぶりの工房はずっと留守を預かっていたサヤによっていつでも作業できるように整

えられている。

道具たちも丁寧《ていねい》に手入れがされており、ヤマブキたちが作業しやすい環境《かんきょう》が整った状態だった。

アタルから霊王銀を受け取ったヤマブキと合流したツルギは、親子そろって竜隕鉄と合わせて改めてじっくりと素材を吟味《ぎんみ》するように見定めていく。

「うむ、これはなかなか悪くない……どころか、よさそうだな」

「実際にやってみないとわからないけど、相性がいい感じはする」

二人の刀鍛冶《かたなかじ》は今までの経験から、竜隕鉄と霊王銀という二つの金属を合わせることで強力な刀ができる予感がしている。

「そいつはよかった……だが、聞きたいことがある、いいか？」

ここでアタルは水を差すかもしれないと思いながら口を開く。

それは、過去に玄武《げんぶ》の甲羅《こうら》を加工してもらった時にも起きた問題である。

何だろうかと揃ってアタルを見る二人は首をかしげている。

「――これらを加工するための工具はあるのか？」

アタルはそれを解決するために協力した経験があったが、ここでも同じ問題にぶち当たるのではないかと問いかけていた。

「ふっ、それなら心配ご無用だ。最硬度であるオリハルコンで作られている金槌《かなづち》があるからな」

「そうです！」

一瞬《いっしゅん》アタルの質問にきょとんとした二人は笑顔《えがお》で自らの金槌を見せてくる。

アタルはそれを魔眼《まがん》で見て、本当にオリハルコンなのかを確認していく。

「これは……」

（すごいな、本当にオリハルコンでできている）

地球では伝説上の金属として名前があがるオリハルコン。

それが目の前にあることに驚《おどろ》いていた。

「まあ、この村で刀鍛冶をしている者ならこれくらいはみーんな持っているがな」

「……なんだって？」

まさかのヤマブキの言葉にアタルは怪訝《けげん》な表情になる。

貴重な、強固な金属で作られた金槌が当たり前のようにあるという状況《じょうきょう》が信じられなかった。

「この村の職人の家系には代々伝えられてきているのだ。しかも、数本ずつな」

「それを熔《と》かして武器にしたら強いんじゃないのか……？」

オリハルコンはゲームや物語では最後のほうに出てきて、最強の武器を作るために使うと相場が決まっている。

それがあるのであれば、竜隕鉄と合わせることでそれこそ強力な刀が作れるのではないのか？　とアタルは疑問を口にする。

「まあそれは誰しもが一度は考えることだな」

「もちろん俺もだ」

歴代の刀鍛冶たちもアタルと同じことを考えてきたとヤマブキは自らの金槌を見ながらそう言い、隣のツルギも頷《うなず》いている。

「だがな、これを熔かすのは簡単ではない。もう再現できない特殊な魔法《まほう》がかけられているらしく、それを破壊《はかい》するほどに強力な炎《ほのお》でなければならない……が、そんな炎は存在しないだろう」

それを試みた者たちは数多くいるが、一人として成功した者はいなかった。

「なるほどな。だから、最初から金属の候補にはあがらないのか」

理由を聞いてアタルは納得《なっとく》する。

それと同時に、恐らく金槌を刀鍛冶の村に伝えたのは神なる存在なのだろうな、とも思っていた。

「それで、早速刀を打ってもらえるのか？」

その目的のために精霊郷《せいれいきょう》に行き、帝国の問題を解決してきたため、できないと言われることは想定していない。

「もちろんだ、が……懸念《けねん》点はある」

「まだなにかあるのか？」

あれだけ大きなことをやらされて、まだあるのかとアタルだけでなく、キャロやリリアやサエモンまでもが怪訝な表情になっている。

「先ほども言ったが、炎だ。うちの工房にある炉《ろ》では恐らく二つの金属を熔かすことができない可能性が高い」

「あっ……」

冷静なヤマブキの指摘《してき》を受けて、ツルギは完全に忘れていたと冷《ひ》や汗《あせ》を流しながら、視線を泳がせている。

「はあ、全くお前というやつは……素材と俺を探すのなら、火のことも考えるべきだっただろうが」

「そっちこそ、火のこと忘れてただろーが！」

ここでまた親子喧嘩《げんか》が始まろうとしていた。

「おいおい、言い争いはそのへんでやめてくれ」

あまりに繰《く》り返される二人のやりとりにアタルは辟易としていた。

「俺たちはあんたたちの喧嘩を見るためにヤマブキを助けたわけじゃない。刀を打ってもらうためだ」

そう言われて、二人ともシュンと項垂《うなだ》れてしまう。

「で、火が必要なんだろ？　あの炉に火を用意すればいいのか？」

「あ、あぁ」

アタルが指をさした先には火が入っていない炉が寂《さび》しそうに口を開けていた。

問いかけに頷くヤマブキだったが、そんなことができるわけがないのに……と考え、首を傾《かし》げている。

「イフリア」

『承知した』

アタルが指をさした場所に小竜《こりゅう》の姿のイフリアがパタパタと翼《つばさ》をはためかせながら近づいていく。

そして、口元から小さな火の玉をふーっと飛ばした。

その光景を全員が静かに見守っている。

ボッと点火するような音と同時に一気に炉へ火が入る。

煌々《こうこう》と燃《も》え盛《さか》るその火の色は幻想的《げんそうてき》な青だった。

「あれならいいだろ。どうだ？」

神の力が込められた朱雀《すざく》の蒼《あお》い炎。

あの炎ならば、大抵《たいてい》の金属を熔かすことができるはずである。

「こ、これは、すごい力と熱量を感じるぞ！」

「これなら、いける！」

ヤマブキとツルギは、この炎に可能性を感じ、目を輝《かがや》かせていた。

「それじゃ、俺たちは休むか。さすがに似たような説明を色々な場所でするのは疲《つか》れた」

「アタル様っ、飲み物をどうぞっ！」

キャロは冷たい果実水を用意しており、それをアタルに渡《わた》す。

「おぉ、ありがとう。それじゃ、みんなで休もう。刀ができるまでにはかなりの時間がかかるはずだからな」

「はいっ」

「だねえ」

アタルが奥《おく》に移動しようとすると、キャロとリリアは返事をして続いていく。

バルキアスとイフリアもそれは同様だったが、硬《かた》い表情のままのサエモンだけは工房《こうぼう》にとどまっている。

「私は最後まで見届けたいと思う」

自分のためだけに作られる刀。

それができるまでの工程を目に焼き付けておきたい。

最初からサエモンはここに残る決意を固めていたようだった。

「わかった、それなら自由にしてくれ。出来上がったら俺たちも呼んでくれ」

「うむ」

既《すで》に夢中になって作業に入っている親子、それを真剣《しんけん》なまなざしで見ているサエモン、休憩《きゅうけい》に入るアタルたち。

ついに、彼らの悲願である史上最高の刀造りが始まった。

イフリアが放った朱雀の炎は作業が始まるとどんどん強くなっていき、今では工房全体に聖なる気と強い熱気が充満《じゅうまん》している。

ただ見ているだけのサエモンですら、じっとりと汗がにじんでくる。

作業をしている二人はその比ではなく、びっしょりと汗をかいていたが、あまりの暑さにそれが蒸発していた。

それどころか、ところどころに小さな火傷《やけど》を負っている。

しかし、それを気にすることはなく、ただただ二人は作業に没頭《ぼっとう》していく。

貴重な素材を全力で使い、サエモンに合う素晴《すば》らしい一振《ひとふ》りを作る、それだけが彼らの頭にあった。

ここに来るまでは何度か喧嘩もしていた二人だったが、いざ作業に入ってしまえば職人であり、親子でもある彼らはぴったりと息を合わせて槌《つち》を打つ。

規則正しく、気持ちよく鳴り響《ひび》くその作業音は一晩中止《や》むことはない。

翌日、朝方になって作業がひと段落したようで、工房は静まり返っていた。

「やっと作業が終わったのか……」

一晩寝てすっきりとしたアタルが様子を見に来て呟《つぶや》いたが、ツルギが首を横に振《ふ》る。

「刀身はできたけど、刀の鞘《さや》と柄《つか》の拵《こしら》えがまだです」

答えたツルギはサエモンと一緒《いっしょ》に一旦工房《こうぼう》の片づけをしていた。

作業をしてひと段落ついたことで汗を流したのか、清々《すがすが》しい表情だ。

「今、ヤマブキ殿《どの》は湯あみをして身体を清めている。終わり次第《しだい》仕上げに入ってくれるとのことだ」

「ちなみに、鞘を作るのは私なんですけどね」

そう言って工房に顔を出したのはサヤである。

昨日リリアによって気絶させられたあと父親と兄の槌の音で目覚め、自分のやるべきことを見定めたのか、その表情はやる気に満ちてすっきりとしていた。

自身の名と同じ、刀の鞘を作るのはこの工房では彼女の役目である。

「とりあえず刀身を見せてくれる？」

「これだ」

ツルギから手渡《てわた》されたソレを手にして、手触《てざわ》り、サイズなどを真剣な顔で何度もじっくり確認《かくにん》してすらすらとメモをとっていく。

「すごい……なにもしてなくても、刀自体がかなり強い力を放っているみたい……それに切れ味も相当だから……」

集中しているのか、ブツブツと独り言をつぶやきながらひとしきり確認を終えると、彼女は刀をツルギに返却《へんきゃく》してどこかへ行ってしまう。

いつもなら礼儀正《れいぎただ》しい彼女が、アタルたちのことすらチラリとも見なかった。

「……あれは大丈夫なのか？」

思いつめたような表情になっていたため、アタルがツルギに確認する。

「あれは職人として集中する状態に入っているだけなので心配ないですよ。鞘作りに関してあいつほどの腕前《うでまえ》をもつ職人はこの村でも他にいませんから」

ツルギは妹の腕前を信頼《しんらい》しているらしく、集中した時の彼女に頼《たの》もしさを感じていた。

それから、結局刀を構成する全てを作り終えたのは午後になって数時間経過してからのことだった。

作業場の奥にある庭の見える座敷《ざしき》にて父をはさんで兄妹《きょうだい》が座《すわ》るのと向かい合ってサエモンが目の前に刀掛《か》けに置かれたそれに見入っていた。

「――これが私の、刀」

ヤマブキたちが頷くのに促され、胸に押《お》し寄せる緊張感を抑えるように刀を手にしたサエモンは鞘から少し抜《ぬ》いて刀身を改めて確認してから、静かに立ち上がり、腰《こし》に差す。

そしてそのまま庭に出ていき、刀の切れ味を確認するために並べられた巻き藁《わら》の前に立った。

「いくつ使ってもらってもいい、試《ため》してみてくれ」

静かな声でヤマブキがサエモンに試し斬《ぎ》りを促す。

黙ったままコクリと頷くと、サエモンは刀に手をかける。

その瞬間《しゅんかん》、これまでに感じたことのない、手になじむ感覚がした。

それは出来立ての刀であるのに、ずっとともに旅をしてきた相棒のような頼もしさと自分に合うように拵えられたと触《さわ》っただけでわかる一級品だった。

一瞬で空気がシンッと静まり返り、聞こえるのは息遣《いきづか》いだけ。

サエモンは静かに目を閉じ、その感覚をかみしめていた。

(この時を待っていた)

触れただけで、そう思わせるだけの力をこの刀は持っている。

「ふっ」

一つ呼吸を吐《は》いたサエモン。

それと同時に小さな金属音が聞こえる。

そのままサエモンは振り返ると、笑顔でアタルたちのもとへと戻って来た。

「「「えっ？」」」

疑問の声を口にしたのは、ヤマブキ、ツルギ、サヤの職人親子である。

サエモンがなにもせずに戻ってきたように見えていたための反応だった。

しかし、次の瞬間……巻き藁がスーッと音もなくずれて、ポトリと落ちる。

「「「えええええええええええっ!?」」」

ここで驚きの声をあげたのも職人親子の三人だった。

「あぁ。軽さ、重さ、鋭《するど》さ、鈍《にぶ》さ、魔力《まりょく》親和性、刀気親和性、神力親和性、どれをとっても完璧《かんぺき》だ……これが私の刀か」

あまりの出来の良さにサエモンは最高の刀が手に入ったと打ち震えながら満足そうに呟いた。

そして、すぐにヤマブキたちへ向き直り、深々と頭を下げる。

「素晴らしい一振りを作っていただき、感謝する。あなたたちが全力を投じて作り上げたこの刀。決して無駄《むだ》にはしません。この一振りが世界を救う一助になることをお約束します！」

自分のためだけに打たれた刀がこれほどに頼もしく、ありがたく、自らの身体の一部であるかのように感じるのは初めての経験だった。

だからこそ、この刀とともにあれば、全力で最後まで駆《か》け抜けられると実感している。

「……世界を救うっていうのはわからないが、あんたたちがなにかとんでもないことをやろうとしているのはうすうす感じていた。そんなあんたの力になれたのなら職人冥利《みょうり》に尽きる」

ヤマブキは人生で最高の一振りを打つ経験をさせてくれたことに感謝しており、それを持ち主であるサエモンが感謝してくれることに、もうこれで死んでも悔《く》いはないとすら思わされていた。

「へへっ……そういえば、そいつの名前はどうするんだ？」

ツルギは嬉《うれ》しそうに笑うと、思い出したように尋《たず》ねる。

通常であれば、打った刀鍛冶が名前を決めることが多い。

「うーむ、俺たちは刀を打ったが、持ち主はサエモンさんだ。サエモンさんが決めるといい」

これはサエモンのためのものであるため、名づけを彼《かれ》に任せることにする。

「名前……か」

サエモンは一瞬アタルの顔を見る。

リーダーである彼につけてもらうのはどうか、という考えが一瞬よぎっていた。

しかし、アタルは真剣な表情で首を横に振る。

（お前が決めろ）

視線でそう告げる。

ここからの戦《たたか》いで、この刀はサエモンの身体の一部のような存在になっていく。

だから、その名づけも本人がするべきだ、と。

「ふう、そうだな……」

一国の将軍であった自分が、自分の所有物の名づけを他者に求めるなどというのは、ありえないことだと思い直して考《かん》え込《が》む。

（なんという名が良いか……）

名前などというのはそう簡単に思いつくものではない。

だから時間がかかる。

そう思いながらも、サエモンはそっと刀に触《ふ》れた。

「――トツカ。十の束とかいてトツカというのはどうだろうか」

それは自然と口から零《こぼ》れ落ちたものである。

意識したわけでも、考えた末のものでもなく、ただそう名づけるのが正しいと自然と思っていた。

「いいんじゃないか？」

アタルは十束剣《とつかのつるぎ》というものについて日本の神話で読んだことがある。

神クラスの金属を使い、神の力を持つ炎を使い、神々の金属で打ったからこそ、この名こそがふさわしいとアタルも思っていた。

「トツカ……か、良い名だ」

「なんだか、もとからそんな名前だったんじゃないかってくらいしっくりくるね」

「いいと思います！」

職人三人のお墨付《すみつ》きを得たことで、この刀の名前が決定した。

# 第三話　真実の報告

アタルたちはクロガネ村を出てから、ヤマトの国の城、その天守閣にやってきていた。

「アタル殿、よく来てくれた」

将軍となったマサムネは上座から降りたところで、アタルたちを迎《むか》えてくれる。

すっかり顔を隠《かく》さなくなったことになじんだようで、艶《あで》やかな長い黒髪《くろかみ》を兄のサエモンのように束ねて、彼女は穏《おだ》やかな笑顔をしていた。

中世的な雰囲気《ふんいき》の着物とマサムネの羽織を合わせるような上品な装《よそお》いである。

「あぁ、久しぶりだな」

城を訪ねてすぐここまで通してもらえたことで、アタルは彼女が自分たちを歓迎《かんげい》しようとしてくれているのがわかり、自然と笑顔になっていた。

「それにしても、前より強くなっているな……」

それは、三人になってしまったが五聖刀の一人のコテツの言葉。

アタルたちが放つ力が、以前に比べて段違《だんちが》いに上がっているのを彼は感じていた。

「んー、まあ色々あったからな」

地獄《じごく》の門で修業《しゅぎょう》をしたり、阿修羅《あしゅら》と戦ったり、ケルノスと戦ったり、精霊王と戦ったり、帝国《ていこく》では闇皇帝《やみこうてい》と戦ったりと、多くの強敵を相手にしてきた。

また、その過程で新たな力を得てもいる。

ゆえに、ヤマトの国を最初に訪《おとず》れた頃《ころ》よりも成長しているのは間違《まちが》いなかった。

「さすがですね……それで、今回はどのような用向きでいらっしゃったのでしょうか？

もちろん用事がなくとも、顔を見せてくれただけで我々は嬉しいのですが……」

アタルがそんなことを理由に立ち寄るとは、マサムネも五聖刀の三人も思ってもいない。

「あぁ、ちょっと紹介《しょうかい》したいやつがいてな。入ってくれ」

アタルが声をかけると、室内だというのに笠《かさ》をかぶり、怪《あや》しげな仮面をつけた人物が入ってくる。

その姿と腰にある刀を見て、サムライだということまではマサムネたちもわかったが、何者なのかはわかっていない。

「誰、ですか？」

戸惑《とまど》うマサムネが問いかけるが、彼女だけは全くわかっていないという風ではなかった。

仮面をしていても何処《どこ》か懐《なつ》かしい気持ちを感じてしまうのは、同じ系統の装いだからというわけではないだろう。

（もしかして……いや、でもそんな、ありえない、でも……）

そんな複雑な思いが心の中に渦巻《うずま》く。

どこかでその可能性は感じていた。

兄妹だから、直感が訴《うった》えかけていたから、そうだと言いたいが、現実には兄は死んでいるはずである。

コテツ、ユラギ、カサネの三人は全くわからず、ただ怪しげな人物が現れたと思いながら首を傾げていた。

「ほら、それとってやれよ」

アタルに言われて、黙《だま》ったままだった彼はゆっくりと笠と仮面を取り外す。

「ッ、やはり………」

それを見たマサムネは口元に手を当てて、ほろほろと涙を流している。

「「「…………」」」

三聖刀は幽霊《ゆうれい》を見たかのような顔で言葉も出ずに固まってしまっていた。

「……まあ、こういうわけなんだ」

どこか気まずそうな表情でサエモンは頭を掻《か》いている。

生きていることを隠し、黙ってすべてを投げ出して出ていったことに対する申し訳なさから、その目は彼らをまともに直視することはできず、うろうろと視線が泳いでいた。

「兄上！」

感極《かんきわ》まったマサムネは涙を流しながらサエモンに駆け寄って強く抱《だ》きしめる。

「マ、マサムネ⁉」

まさかの行動にサエモンは驚き困惑《こんわく》してしまう。

兄妹といえども、これまでどこか線引きをして距離《きょり》をとっていた。

だから小さい頃からのことを思い返しても、こんな風に抱き着かれたことはなかった。

「微笑《ほほえ》ましい光景だな」

「美しい兄妹愛《きょうだいあい》ですっ！」

「仲良しさんだあ」

そんな二人のことをアタルたちは温かい目で見守っている。

「ちょ、ちょっと、助けてくれ！」

しかし、当のサエモンは慌《あわ》てた様子でアタルたちに助けを求めていた。

それは彼女の身体能力に原因がある。

「ぐふっ、そろそろ、離《はな》して、くれっ……」

マサムネは五聖刀の筆頭になるほどの実力者であり、筋力が尋常《じんじょう》ではないほど強く、サエモンの背骨がミシミシと音をたて始めていた。

それに気づいたマサムネはハッと我に返ってサエモンを解放する。

「あ、す、すみません、兄上！　つい気持ちが高ぶってしまい……」

「い、いいんだ……黙って出ていった私にも問題があるからな……」

やっと呼吸がまともにできるようになったサエモンは深呼吸しながら大丈夫だと返す。

「──それで、これはいったいどういうことなんですか？」

冷静さを取り戻《もど》して座り直したマサムネが一番気になっていることについて尋ねる。

五聖刀たちもそれが知りたくてうずうずしている様子だった。

改めて向かい合ったマサムネとサエモンをアタルたちは静かに見守っている。

「みんなを騙《だま》すような真似《まね》をして申し訳なかった……」

ゆっくりと口を開いたサエモンはそう言って深く頭を下げた。

まずは謝罪から入る。

マサムネたちは黙っていなくなったことに少々の怒りを覚えてはいるものの、それよりも生きていてくれたことへの喜びが強いため、この場でそれを責めるようなことはしない。

「そういうことを聞きたいんじゃない。なぜ、こんなことをしたんだよ？」

サエモンがこの場にいる答えになっていないため、細い目をスッと開いたコテツが質問を重ねる。

「それは……」

なんと説明したものか、ぐっと言葉に詰《つ》まったサエモンは考えこんでしまう。

「それに関しては俺《おれ》から話そう」

ここでアタルが説明を代わる。

「邪神《じゃしん》との戦いの中で、サエモンがかなりのダメージを負っていたのは確かだ。治療《ちりょう》できないほどではなかったがな」

まずは、あの時の状況について話し始めた。

「俺たちはそこでサエモンが生きているのを発見していた。このまま戻るのもよかったが、それとは別にあのような敵——邪神やラーギルたちのことだが……あいつらと戦うためにもっと成長しなければならないと俺とサエモンは考えたんだ」

ある程度の真実に、ある程度の虚構《きょこう》を混ぜている。

「で、この国で一番強いと思われるサエモンには俺たちに同行してもらって、一緒に成長しようということになった。実際、色々な敵と戦って、様々な成長を遂《と》げた」

全員が強くなったというのは事実であり、マサムネたちもそれを感じ取っているため異論を持たない。

「国に関してはマサムネを中心として富国強兵に努めてもらって、サエモンは俺たちと一緒に個人として強くなってもらった感じだな」

ざっくりとした説明ではあるが、これが全てである。

「でも、なぜ、なぜ生きていると教えてくれなかったのですか！　兄上とコンゴウを失った我々がどんな思いで……」

二人を失ったことがどれだけ彼女《かのじょ》の心に深い傷を負わせたか、誰もがあの時壊《こわ》れそうになったマサムネを見てきたからこそ、痛いほど彼女の気持ちが伝わった。

いろんな思いがこみ上げてきたマサムネがうつむくと、目から涙が零れ落ちる。

実の兄と、家族のようにともに過ごしてきた仲間。

そんな二人を一度に失ってしまったことは、彼女らの心に大きな影《かげ》を落とす。

それでも、自分たちが国の中心であることをわかっていたため、そこで落ち込《こ》むわけにもいかず、がむしゃらといっていいほどひたすらに国の立て直しに尽力してきた。

サエモンだけでも生きているということがわかれば、心にのしかかる重みが少しは軽減できていたはずなのに……なぜ言ってくれなかったのか？　という思いを四人ともが抱いている。

「……言ったら、私が出ていくことをお前は止めなかったのか？」

「……！」

サエモンの指摘に、マサムネはハッとして顔を上げた。

「そういうことだ。たとえお前たちに嘘《うそ》をつく形となったとしても、成《な》し遂げるために優先しなければならないことがあったということだ」

真剣な表情でサエモンが答える。

「悪いな、戦力アップはどうしても必要だったんだ」

ここで更《さら》にアタルが頭を下げると、これ以上は言及《げんきゅう》できなくなっていく。

「それで、今度はこんな疑問を持つはずだ。じゃあ、なぜこのタイミングで真実を明かしたのか？　って」

当然の疑問であるため、マサムネたちはもちろん頷いて、その答えを待っている。

「最後の戦いが近いからだ」

「戦いが……」

「近い……」

アタルの言葉に、カサネとユラギが続く。

その言葉には、状況を理解したことによる緊張《きんちょう》感が含《ふく》まれている。

「あぁ、以前戦った邪神。あれが完全な状態に復活して、邪神の眷属《けんぞく》となる神々もやってきて、魔族《まぞく》のラーギルが宝石竜《ほうせきりゅう》を連れてきて、恐《おそ》らくは多数の魔物《まもの》もいると思われる。そいつらがこの世界《せ》に攻め込んでくるはずだ」

改めて言葉にして聞くと、とんでもない話だった。

邪神との戦いは彼らにとって、人生において初めての命がけの戦いであり、初めて家族を戦いの中で失った経験である。

それ以上の敵を相手にするというのは、自分たちでは力が足らないのではないか……と思わせるものだった。

「はーいはい、暗い顔はそこまでだよー」

と言って空気を変えたのはリリアである。

「まさか、サエモンが生きていることを伝えて、邪神がやばいよって言って、私たちがそれではい終わり、だとか思ってないよね？」

そう言われても……と、マサムネたちはポカンとしている。

「というわけで、続いてのゲストをご紹介。三人、入ってくれ」

すると、ヤマブキ、ツルギ、サヤの職人親子三人が入ってくる。

ヤマブキとツルギは緊張で手と足が揃《そろ》ってしまっていた。

「こ、ここここ、この度は、このような場所にお呼びいただきまことにありがとうございます……！」

「ありがとうございますッ！」

緊張で声が震《ふる》えているヤマブキに続き、声が異常に大きいツルギ。

「もう、二人とも！」

ガチガチの二人を呆《あき》れたような眼差《まなざ》しで見たサヤはそんな彼らの肩《かた》をパンっと叩《たた》く。

「「いたっ！」」

そのダメージで少し緊張が解けていく。

「その、父と兄が失礼な態度をとって、申し訳ありません」

サヤは二人に代わって深々と頭を下げる。

「あ、あぁ、それは構わないんだが……」

どういうことだ？　とマサムネはアタルのことを見ていた。

「彼らは刀鍛冶の一家で、サエモンが腰にしている刀を作ったのも彼らだ」

「これが新しい刀だ」

ゆっくりと抜いて見せる。

通常なら、この場所で刀を抜くなどありえないことではあるが、人払《ひとばら》いをしてあるのとサエモンだからこそ許されていた。

それをマサムネたちが近寄って確認していく。

「これは……すごい」

「ほ、本当にこれを、現代の刀匠《とうしょう》が？」

思わずマサムネがそう言ってしまうくらいには、現代の刀鍛冶《かたなかじ》では昔の名刀と並び立つものを作るのは難しいと言われている。

「あぁ、この三人じゃないと無理だっただろうな」

アタルがそう言い切ったことでヤマブキたち親子は誇《ほこ》らしい気持ちになった。

「で、ここで問題になるのが素材だ。武器を作るには金属が必要になるだろ？」

コクコクと頷くマサムネたちの前にアタルが取り出したのは霊王銀《れいおうぎん》だった。

「「「「おーーーーー！」」」」

ひと目見ただけで、それがすごい力を持っているということがわかるため、四人が感嘆《かんたん》の声をあげている。

「これと竜隕鉄《りゅういんてつ》を合わせて作ったわけだが……竜隕鉄はこの国で用意できるのか？」

ツルギが最初に見せてくれていたため、これがどれだけ希少なのか、それともありふれているのかわからなかったので、改めてここで確認をした。

「あぁ、それなら我《わ》が国《くに》に鉱山があるので、問題ない」

マサムネが視線を霊王銀から一瞬《いっしゅん》アタルに向けて、返答する。

もう彼らの意識は霊王銀に、そして新たに作られるであろう刀に向いていた。

「さて、刀に関してはクロガネ村の彼らと協力してなんとかしてくれ。それはそれとして、邪神たちのことを改めて話しておこう……」

そこからはこれから戦う相手、必要な力、必要な戦力、やらなければならないことなどを説明していく。

アタルたちは遅《おそ》くまで話をすることになったため、城に泊まることになった。


その夜、大きな月に照らされた天守閣には二人の姿があった。

「――お前には苦労をかけるな……」

表情を和《やわ》らげたサエモンは隣《となり》にいる妹にお酌《しゃく》しながら声をかける。

「本当です。私は将軍になんてなるつもりはなかったのに……」

それを受けたマサムネは、少し拗《す》ねたような表情で応えた。

「……本当にすまなかった。何の制限もなく国から出るにはあれくらいしか方法が……」

自分が将軍だったからこそわかる苦労を感じ取ったサエモンは彼女の不満にどう答えて

いいかわからず、言い訳を重ねるしかなかった。

「…………」

サエモンが何もなしに行動するわけがないと妹であるからこそ理解しているマサムネは子どもっぽいことしか言えない自分がもどかしくなり、そっぽを向いて酒をあおり、無言になる。

「マサムネ……」

将軍と五聖刀だった時、いろんな事情から口よりも態度で気持ちを交《か》わすことが多かった兄妹だったからこそ、無言のままが一番応えると感じたサエモンは名を呼ぶことしかできずにいた。

「――ふふっ、嘘です。そんなに怒《おこ》っていませんよ、兄上」

みるみるうちにしおれていくサエモンに向き直ったマサムネは笑顔《えがお》だった。

「全部私たちに押しつけて国を飛び出してただ遊びまわっているのだとしたらそれこそ許しません。でも兄上は国を救ってくれたアタルさんたちと一緒に行動していて、それも世界を救うためなのであれば文句は言えません」

そう言って、今度は彼女がサエモンにお酌をする。

「……はあ、驚《おどろ》かせるな。でも、いきなり国を背負わせたことは本当に申し訳なく思っている」

苦笑《くしょう》交じりでため息を吐《つ》いたサエモンは、ずっと言いたかった謝罪の言葉を口にする。

「良いのです。世界を背負っている兄上、国を背負っている私。どちらも重い物を背負っていますが、それぞれが一人だけで背負っているわけではありませんから」

くいっとお猪口《ちょこ》にはいった酒を飲みほしたマサムネの横顔は月に照らされて美しかった。

「そう、だな」

将軍として立派になった彼女の言葉に、サエモンは少し救われた気持ちになる。

「それに、私たちヤマトの国民も世界のために戦わないとですからね」

アタルの話を聞いて、改めて力を強化して邪神たちとの戦いに向かわないとならない。

マサムネはそれに対して強い思いを抱いていた。

「お前たちがいることは頼もしいよ。もちろんアタル殿たちも強く頼もしいのだが、家族がともに同じ目的に向かって戦ってくれると言うのは、やはり心強い」

サエモンにとって、ずっと隠していた自分が生きているということを家族やかつての家臣たちに伝えられ、同じ大きな目的に向かって準備をしていくということは、なによりも心の支えになっている。

「……きっと、勝てますよね」

視線をサエモンに戻したマサムネはどこか不安そうに呟く。

将軍であるがゆえに、普段《ふだん》は弱音をはくことは許されない。そんなことをしてしまえば、付き従う者たちが不安になってしまう。

弱気な言動は兄であるサエモンの前だからこそのものだった。

「あぁ、勝てる。私たちがいて、お前たちがいて、他の国の者たちも準備をしてくれている。勝てないわけがないさ」

サエモンはふと見せてくれた彼女の弱い部分を否定することなく、不安を受け止めてその上で力になる言葉を返す。

はっきりと力強く、それでいて誰《だれ》よりも頼もしい。

この役割を担《にな》えるのはサエモン以外にいなかった。

「兄上……アタルさんがいるんだから、きっと大丈夫《だいじょうぶ》ですね」

「おいおい、そこは私がいるからではないのか？」

「いえいえ、やはりアタルさんがいるのが一番ですよ」

「うーむ、まあそうかもしれんが……」

どちらともなく笑いながらそう話す二人の間に漂《ただよ》っていた重苦しい空気はどこかへと消えて、月夜酒を酌《く》み交わしながら、これからの話から昔話へと移っていく。

部屋に戻ったのは酒が空になった頃であり、それは数時間先のことだった……。

# 第四話　各地へ

ヤマトの国をあとにしたアタルたちは、次に砂漠《さばく》のオアシスの街、正確にはその地下に広がる街へと向かう。

「おぉ、目的の場所には行けたのか？」

この地下迷宮《めいきゅう》都市マルガの代表を務めているアークボルトは笑顔でアタルたちを迎えてくれる。

耳の尖《とが》った獅子《しし》の獣人《じゅうじん》らしいたくましい体と笑ったときに白い歯が見せるのが印象的。

「あぁ、おかげさまで北の聖王国リベルテリアにも、東のヤマトの国にも行くことができたよ」

そう答えると、アークボルトはアタルたちの仲間が一人増えていることに気づく。

「なるほど、そちらさんがヤマトの国で新しく仲間になったというわけだな」

彼はサエモンの服装を見て、ヤマトの国の出身であることを見抜《みぬ》き、そんな風に言う。

「そのとおりだ……それで、ちょっと色々と話しておきたいことがあるんだが、時間をとれるか？」

「……もちろんだ」

アタルが真剣《しんけん》な表情で言うため、アークボルトは屋敷《やしき》へと案内し、そこで話をきくことにする。

この街を出て以降、アタルたちが誰となにとどんな風に戦ったのか。

その中で、アスラナの弟である阿修羅とも戦ったことを話す。

「そんなことが……」

自分たちの崇《あが》める神であるアスラナの弟がそんな運命をたどってしまったことに、アークボルトは悲痛な面持《おもも》ちになる。

「ここからが本題だ」

これまでの話も十分衝撃的《しょうげきてき》だったが、ここからまだ話があることに、アークボルトは険しい表情になっていた。

「邪神との戦いが近い……」

「!?」

そんなこともあるかもしれない、とは思っていたものの、こうして言葉にして聞くと一気に緊張が走る。

「いつだ？」

シンプルな問いかけにアタルは首を横に振《ふ》った。

「具体的な時期まではわからない、がそう遠くないだろうな。数か月、半年、一年、もっと早いかもしれない。だが、あいつらが動くのは間違いない」

終わりが近いと言っていたラーギルの言葉を考えると、それだけは確実だと言える。

「そうか……わかった。それで俺たちはなにをすればいいんだ？」

衝撃《しょうげき》を受けてからの切り替《か》えは早く、アークボルトは既《すで》に邪神との戦いに向けてどう動けばいいのかというところに意識を切り替えていた。

「話が早くて助かる……それじゃあ」

アタルはこれまでの国でどういう指示を出してきたか、そしてアークボルトたちにしてもらいたいことについても話していく。

かなり荒唐無稽《こうとうむけい》な話ではあったが、アークボルトはアスラナと戦ったことがあるため、疑いを持つことはなかった。

彼はアタルたちの話を聞いて、それを探索者《たんさくしゃ》たちに説明し、力を貸してほしいと頭を下げる。

それを信じる者たちは、アークボルトに力を貸そうと決めて、これからしなければならないことを確認《かくにん》していく。

それ以外の者たちも、ダンジョン攻略法《こうりゃくほう》を教えてくれたのがアタルたちだと話すと、そのことに感謝の思いを持っており、お礼代わりに出来る範囲《はんい》で参加することにしたようだ。

さらにダメ押《お》しといわんばかりにダンジョンからアスラナが短時間ではあったが姿を現し、神の存在を示すことで参加者を集めることに成功していた。


マルガでの説明を終えて地上に出たアタルたちは、二手に分かれることに決めた。

「じゃあ、俺たちは妖精《ようせい》の国に向かうことにする」

それはアタル、キャロ、バルキアスの三人。

あそこには妖精たちと、キャロの両親がいるため、この人選になっている。

「じゃあ、私たちは上だね」

ニカッと笑ったリリアはそう言って空を指さす。

彼女とサエモンとイフリアは空にある竜人《りゅうじん》族の島へと向かう。

『しかし、ここからでは飛んで行くことができんぞ……』

イフリアとバルキアスは魔吸砂《まきゅうさ》の影響《えいきょう》によって、この砂漠地帯ではまともに動くことができない。

「だよな。だから、俺が一つ解決策を考えてみた」

アタルたちはオアシスの街から少し離れた場所に移動して、アタルが地面に玄武《げんぶ》の甲羅《こうら》を一枚置いて、そこに弾丸《だんがん》で魔法陣《まほうじん》を描《えが》いていく。

全員が乗ってもなお余裕《よゆう》のあるほど大きい玄武の甲羅は地面にある魔吸砂の効果を軽減してくれていたため、弾丸も効果を維持《いじ》できていた。

デザインはシンプルで、円の中に五芒星《ごぼうせい》が作られており、それをキャロの剣《けん》で魔法陣の線をなぞるように傷つけて作っていったものである。

「この上に乗ってくれ……いいな」

小さいままのイフリアの身体にロープのようなものが巻いてあった。

そんなイフリアを抱くリリアと共に行くサエモンが乗る。

さらには、アタルとともに妖精の国に向かうはずのキャロとバルキアスもなぜかそこに乗っていた。

「それじゃ、行ってこい。魔《ま》法《ほう》、発動！」

アタルの言葉とともに、撃《う》ち込まれた弾丸が魔法陣を発動させ竜巻のような風を巻き起こしていく。

まるでロケットのように竜巻の勢いそのままで甲羅ごとイフリアたちは上空に飛んで行

った。

「こっからダメ押しだ！」

アタルは飛んで行った甲羅を押すように、下から弾丸を撃ちこんでいく。

威力《いりょく》は弱いが、甲羅を押し上げるくらいの効果を持っている。

「あとは頑張《がんば》ってくれ」

ここから先はアタルにできることはなく、上のみんなに任せていた。

思いつきではあったが、自分たちの仲間であれば何とか目的を達成できるだろうという信頼《しんらい》のもとで実行している。

「それじゃ私たちもこのへんで、頑張って下さい」

『頑張ってー！』

勢いよく飛びあがった甲羅の上からアタルが見えなくなるくらいで、キャロとバルキアスも甲羅から降りて行くことにしたようだ。

もちろん、ただ降りるわけではない。

「バル君、お背中借りますねっ！」

キャロは空中でバルキアスの背中を蹴《け》って上昇《じょうしょう》すると、そのままの勢いで甲羅を思い切りかちあげた。

「キャロー、ありがとうね！」

リリアは遠くなっていくキャロに向かって手を振りながら大きな声を出し、キャロはそんな彼女に対して笑顔で見送るように手を振る。

「まさかこのような段階式で上昇していくとはな……さて、リリア殿《どの》」

「うん」

アタルたちのアシストではるか上空まで打ち上げてもらった彼《かれ》らだが、ここからは三人でなんとかしなければならず、サエモンとリリアが次の行動を起こす番であった。

「イフリア、準備しておいてね」

『あぁ』

魔吸砂の影響下であるため、イフリアはまだ飛ぶことはできない。

リリアの腕《うで》に抱《かか》えられたイフリアは魔吸砂の影響で辛いのか少し表情が苦しそうだ。

「まだまだ……まだまだ……」

アタルたちのアシストが効いているおかげで甲羅は上昇を続けている。

落下する前のギリギリまでこれに乗っていく算段だった。

「――いまだ！」

甲羅の勢いが切れる寸前を見極《みきわ》めてリリアがイフリアを抱えて、サエモンのサブの刀の鞘《さや》に乗る。

そして、そのままサエモンが勢いよくリリアを上空に飛ばしたと同時に彼女もまたジャンプする。

それを行うと同時に、サエモン自身も勢いよく甲羅を蹴って跳躍《ちょうやく》していく。

足場となっていた甲羅は勢いを失い、そのまま落下していった。

ここからは三人が自らの身だけでなんとかする以外にない。

「イフリア、まだダメ?」

『すまぬ、まだ力が……』

ここまで来ても魔吸砂の力のせいで完全な状態にはいたっておらず、大きくなって飛んでリリアたちを乗せていくのは難しかった。

「大丈夫だよ。それじゃ、最後の一手だね」

申し訳なさそうなイフリアに笑顔を返したリリアは自らの槍《やり》を取り出して、そこにイフリアを乗せる。

「これで、なんとかなってええええ!」

そして、そのまま上空に向かって思い切り槍をスイングした。

『むおおおおおお!』

（あと少し、あと、少し……ここだ！）

かなり高い位置まで来たところで、イフリアは自らの力を奪《うば》っている魔吸砂の影響下から脱出《だっしゅつ》できたことを感じ取り、くるりと一回転すると元の姿に戻る。

『掴《つか》まれええええええええ！』

マルガで用意してもらったロープはイフリアの身体に巻き付いている時は短く見えたが、魔力《まりょく》を流すとどんどん伸《の》びていくという代物《しろもの》だった。

「よし！」

それは下方にいるリリアのもとへとすんなり届いた。

『もっと、伸びろおおおお！』

だが更に下にいるサエモンのもとまでロープを伸ばそうと魔力を流していく。

「うおおおお！」

上から降りてくるロープが見えてきたため、サエモンも全力で右手を伸ばしていく。

しかし、もう少しでロープに届く、というところでサエモンの上昇の勢いがなくなってしまった。

「……む、これは、ダメか」

サエモンが諦《あきら》めそうになり、目を閉じようとする。

「掴まって！」

その瞬間《しゅんかん》聞こえた力強い大きな声はリリアだった。

彼女が掴んだのはロープの中央あたりだったが、そのまま先端《せんたん》までおりてきており、サエモンが掴まれるように槍を伸ばしている。

「かたじけない！」

ニカッと笑うと、槍によって引き上げられて二人はロープに掴まることに成功した。

『ふう、どうなることかと思ったがなんとかなったな』

ロープを引き上げながらイフリアは安堵《あんど》する。

この高度までくれば、自由に空を飛ぶことができていた。

「にしても、アタルはとんでもないことを考えるねえ」

「確かにな。だが、あれくらいでなければ我々のリーダーは務まらんぞ」

ロープを登りながらふっと笑った二人は軽口をたたく。

結果としてイフリアが飛べる高さまでやってくることができたが、方法に対しては半信半疑だったため、二人は自然とアタルの話になる。

「でも、楽しかったね！」

「あぁ、楽しかった！」

こんなギリギリのことを誰かと戦う以外で経験するとは思ってもいなかったため、自然と笑顔が溢《あふ》れていた。

『お前たちも大概《たいがい》だぞ』

そんな二人を見て、イフリアはため息をついていた。

「イフリアだって笑ってるよ？」

顔が見えるところまで近づいたところで、リリアがイフリアの表情を指摘《してき》する。

『なに？』

まさか、と顔を動かしてみるが、自分ではよくわからない。

だがリリアは何となくイフリアの機嫌《きげん》がよくなっていることを感じ取っていた。

「ふう、やっとここまで来られた……それで、リリア殿の故郷はどちらに？」

イフリアの背に乗ったところで目の上あたりに手をやりながらサエモンは目を凝《こ》らす。

広がる空には多くの雲が浮《う》かんでいるが、島らしきものは見える範囲には存在しない。

「えーっと、ちょっと待ってね」

リリアは目を凝らしてみるが、自分の故郷である島、蒼鯨《そうげい》の姿は見えない。

「……あれ？」

ここまでくればなんとかなると勝手に思っていたリリアだったが、どうにも何も見えないことに焦《あせ》ってしまう。

そして焦りからにじみ出た一筋の汗《あせ》が頬《ほお》を伝った。

「まさか……」

わからないとでも言うのか？　とサエモンは訝《いぶか》しげな表情で彼女の様子を窺《うかが》う。

「イフ……」

『ちなみに我にはわからんぞ』

助けを求めるようにリリアがイフリアに声をかけたが、食い気味で否定する。

蒼鯨が形成する消える障壁《しょうへき》を飛び出すことで精いっぱいだったため、イフリアはどこを飛んでいたのかまで詳《くわ》しくは覚えていなかった。

仮に覚えていたとしても、蒼鯨は移動をしているため、同じ場所にはとどまっていない。

「そんなあ……」

いろんな思いをつないでここまで来たのに、とリリアが泣きそうになったところで、胸のあたりがほんのりと暖かくなる。

「ディア？」

口にしたのは彼女の中にいるダイアモンドドラゴンの愛称《あいしょう》。

その呼びかけに応えるように、彼女の胸のあたりからキラキラと光がわいたと思った次の瞬間、指し示すように細い一筋の光が勢いよく伸びていく。

「…………イフリア、あっちに向かって！」

ディアが蒼鯨の場所を教えてくれていると感じたリリアは、ぱあっと表情を明るくすると、イフリアの背中をぺちぺちと叩きながら急《せ》かした。

『わ、わかった』

痛みはないが、必死な様子であるため、イフリアは慌《あわ》ててそちらへと飛んでいく。

「今のは？」

サエモンが尋《たず》ねる。

「私の中にはダイアモンドドラゴンがいて、ディアって名前なんだけど、彼女は蒼鯨の上にずっとずっと住んでいたから場所がわかるんだと思う。で、困っている私を助けてくれたんだよ」

これはサエモンに対しての説明だったが、リリアの心の中でディアが頷《うなず》くのを感じた。

「ほう、そういう関係性なのか」

自らの中にもアメノマの力があるにはあるが、存在として感じることはないため、自分とは違《ちが》うのだなと感心したようにサエモンは頷く。

「そうそう、ディアってすっごい可愛《かわい》いんだよ！　キラキラ光る目でね！」

彼女の内にだけ存在するディアのことは、仲間の誰も見たことがない。

そのことをリリアは少し悲しく思っており、だからここで彼女の可愛さを力説する。

「ほうほう、なるほど……私もアメノマ様に会ってみたいものだな」

アメノマが死ぬには惜《お》しいとサエモンを生かしてくれたものの、大きな力の源のような物しか感じなかったため、リリアがはっきりと姿を認識《にんしき》しているのには驚いているようだ。

サエモンも自分に力を貸してくれる神の存在を一度でいいから見てみたいと思っていた。

『ここのようだぞ』

そんなことを話していると、イフリアは光の終着点に来たことを二人に伝える。

蒼鯨の周りには障壁があり、普段ならば姿をとらえるのは難しい。

だがディアが指し示した光は到着《とうちゃく》したことを告げるように再び淡《あわ》い光となって消滅《しょうめつ》した。

「ようっし、突撃《とつげき》だ！」

「物騒《ぶっそう》な言葉を……」

『うむ、行こう』

唯一《ゆいいつ》の良識人であるサエモンがツッコミをいれようとするが、それに構わずイフリアは蒼鯨へと飛び込んでいく。

奇妙《きみょう》な感覚とともに見えない障壁を抜《ぬ》けていくと、そこには目的地である蒼鯨の姿があった。

どこまでも突《つ》き抜ける青空の下《もと》、悠々《ゆうゆう》と泳ぐ蒼鯨の背にリリアたち古代竜人族が住まう島があった。

「こ、こんなものが空を飛んでいたのか……」

話には聞いていたものの、自分の目で実際に見ても信じられないような光景が広がっている。

「へへー、すごいでしょ。ここが私の故郷だよ！」

驚いているサエモンに、リリアは自慢《じまん》げに言う。

「すごい、すごいな！」

サエモンはこんな光景は見たことがなかったため、純粋《じゅんすい》に驚き感動していた。

『とりあえず集落のほうに行ってみるとしよう』

ここまでくれば、リリアの故郷の集落の位置はわかるため、イフリアはそちらに向かっていく。

「みんなに会うのも久しぶりだなあ」

リリアは遠くに見える故郷を懐《なつ》かしそうに見ている。

イフリアは集落が近づくにつれて速度を落としていき、そのまま広場のようなエリアにゆっくりと降り立っていく。

「な、なんだなんだ！」

巨大《きょだい》な竜の襲来《しゅうらい》に驚いた人々が広場に集まっていき、少し遅《おく》れて代理長のレイルがやってきた。

「あ、レイル。やっほー」

彼の姿を見つけたリリアが軽い調子で声をかける。

「リ、リリア？　それに竜殿《りゅうどの》と……」

もう一人の姿に見覚えがないため、レイルは言葉を止めてしまう。

「お初にお目にかかる。私はサエモンと申す。リリア殿やアタル殿の新しき仲間、以後お見知りおきを」

イフリアの背中から降りると、礼儀正《れいぎただ》しく頭を下げたサエモンは自己紹介《しょうかい》をしていく。

「こ、これはご丁寧《ていねい》に。私はここの代理長を務めております、レイルです」

慌ててレイルも自己紹介をしていく。

「みんなただいまー」

その間に、マイペースなリリアは集落のみんなに挨拶《あいさつ》をしている。

いつもと変わらない様子の彼女《かのじょ》に集落民はみんなホッと安堵していた。

「いやあ、みんな元気そうでよかったよ」

「あぁ、リリアも元気そうで……しかも、かなり強くなったみたいだな」

彼女が内包している力が以前よりも大きくなっていることをレイルは感じている。

他の集落民たちも少し見ない間のリリアの成長ぶりをひしひしと感じ取っていた。

「うん、色々な戦《たたか》いを経験してきたからね……」

ここにいれば経験することのなかった戦いの日々。

それは力だけでなく、彼女を人間としても成長させており、横顔が大人びていることにみんなが驚きを覚える。

「そうだ、どれくらい強くなったか見せてあげるよ！」

そう言うと、リリアは槍をぐるぐると回してから、バシッと構えた。

「……見せてもらいたいのはやまやまだが、お前の相手をできるようなやつはここにはいないぞ？」

彼女の成長を考えると、この集落に彼女と渡《わた》り合える古代竜人族はいない。

「ふむ、ならば私がリリア殿と手合わせをしよう。動きを見れば少しは成長を伝えることができるのではないかな？」

「いいね！」

サエモンの提案にリリアは一も二もなく賛成する。

「では、レイル殿。開始の合図をしてもらってもよいか？」

「わ、わかった」

突然《とつぜん》の申し出だったが、リリアを止めることができないことは、レイルが一番よくわかっているため反対はしない。

リリアとサエモンは、広場の中心に移動して少し距離《きょり》をとったところで向かい合う。

「準備はよろしいか？」

レイルの確認に二人が頷く。

「それでは…………はじめ！」

開始の合図を出すと、レイルは巻き込《こ》まれないように離《はな》れる。

実際、リリアとサエモンは開始の合図とともにぶつかっており、互《たが》いに鋭《するど》い攻撃《こうげき》を繰《く》り出していた。

これはリリアの成長を見せる演舞《えんぶ》のようなものであり、戦いではない。

それはここにいる全員がわかっていることではあったが、当の二人の攻撃はそれに配慮《はいりょ》しているようには見えず、本気で殺し合いをしているように見える。

「せやあああ！」

「こんのおおおおお！」

それはこの掛《か》け声にも表れており、見ている側が不安になるほどだった。

「あ、あの、あれは大丈夫なのでしょうか？」

レイルは思わずイフリアに尋ねてしまう。

『うむ、あれなら大丈夫だろう。いつも通りじゃれている程度だ』

（（（（えええええええええええええっ！））））

この回答を聞いたレイル、そして聞こえていた集落民はイフリアとリリアたちを何度も見比べる。

あれでじゃれているとはどういうことだ？　と意味がわからず混乱してしまう。

二人とも人としての肉体の力だけで、武器に魔力や刀気は込めていない。

ましてや神の力は全く引き出していなかった。

集落民はそんなことは知らないが、それでも、模擬《もぎ》戦といえどもまともに彼らの相手になれる者はここにはいないだろうと誰しもが考えていた。

現にレイルも止めに入ったほうがいいのか、止めに入ろうとすれば殺されてしまうのではないか、などと色々と考えてしまい動けずにいた。

『しかし、みなが心配しているようならばよくないな』

ここでイフリアが立ち上がる。

『ガアアアアアアアアアアアアアアアアアアアアアアアアアアアアアア！』

そして、二人に向けて咆哮《ほうこう》を放った。

「イフリア？」

「イフリア殿？」

なにかあったのかと、二人は攻撃の手を止めてイフリアに視線を向ける。

すると、そこには咆哮によって倒《たお》れている集落民の姿があった。

『む。しまった、やりすぎたか……』

大きな声で止めるだけのつもりが、力を持った咆哮になってしまい、その影響によってみんなが気絶してしまっている。

『ま、まあ、目的は達成できたからよしとしよう』

イフリアは反省の思いを抱《いだ》きつつも、リリアたちを止められたことで、結果よしと納得《なっとく》することにした。

それから三十分後、全員が目覚めたところでレイルの家で世界の状況《じょうきょう》について話すこととなる。

「そんなことが……」

説明はサエモンが行っており、冷静な口調はそれだけで説明に説得力を持たせていた。

レイルはこの蒼鯨上での戦いを思い出し、彼女たちの話があり得ないことではないと思っていた。

「私たちはそいつらと戦っていて、地上の色々な国にも声をかけてまわっているのだ。だから、この集落のみんなにも戦う準備をしていてもらいたい」

戦力は少しでも多い方がよく、古代竜人族は戦いにおいて、高いポテンシャルを持っている。

それをわかっているからこそ、リリアは声をかける場所をアタルが確認した際に、自分の故郷に行くことを一番に提案している。

「なるほど……」

レイルは深く頷き、そして状況をしっかりと理解するために目を閉じている。

そして、目を開くと同時に口を開く。

「我々はこの蒼鯨の上に居を構え、長い長い時を過ごしてきた。よそに国や世界が広がっていることは本や話の中でだけ聞いていたが、ここ以外で起こっていることに関しては全くもって実感がない」

レイルの言葉に思わずリリアは口を挟《はさ》みたくなるが、それでもレイルの話を最後まで聞こうと我慢《がまん》する。

「リリアは昔からこの島で収まるような器ではなく、広い世界に飛び出して行きたがっていて、出ていってからも活躍《かつやく》しているようだ」

これではリリアは特別で、それ以外はここの世界だけで生きていると言っているように聞こえる。

それでも代理長を務められるほど長く生きるレイルの言葉には重みがあり、まだ続きがあるとわかっているため、リリアはギュッと拳《こぶし》を握《にぎ》って、彼の言葉の続きを待った。

「……そんなリリアが帰ってきて、新しい仲間を連れてきて、そして外で様々な戦いに挑《いど》んできたと聞いて——正直に言うなら私はね、羨《うらや》ましいと思ったよ」

「——えっ？」

まさかそんなことを思われているとは予想外だったため、リリアは驚いて顔を上げる。

「しかも、この世界を救うための戦いに挑んでいるだなんて、面白《おもしろ》いじゃないか。そこに俺《おれ》たちも関われるだなんて嬉《うれ》しいよ。みんな……やるぞ！」

レイルは立ち上がると大きな声で、外にいるみんなに声をかける。

「「「「おおおおおおお！」」」」

全員が外に集まって聞き耳をたてており、レイルの呼びかけに応えた。

「ありがとう！　みんな頑張ろうね！」

「「「「おおおおおおおおお！」」」」

今度はリリアが声をかけると、さらに大きな声でみんなが応えてくれた。

「ふむ、良い集落だな」

ここはとても良い場所で、そんな場所で育ったからリリアは真っすぐなのだなと笑顔《えがお》で盛り上がる古代竜人族たちを見ながら一国の主だったサエモンが深く頷く。

それからはリリアたちの歓迎会《かんげいかい》が始まり、その夜は遅《おそ》くまで宴が繰り広げられた。


一方でアタルたちは、妖精の国にやってきていた。

キャロと両親の再会はやはり感動的なものとなり、しばらくはそれに時間を割《さ》いた。

そして、ひと段落したところで妖精の国の主要メンバーには光の国に集まってもらった。

「というわけで、邪神《じゃしん》やラーギルたちとの戦いが近いんだ」

「ついに来ましたか……」

光の妖精王ベルは神妙《しんみょう》な面持ちでそう呟《つぶや》く。

肥沃《ひよく》な大地の妖精王ミリアム、荒野《こうや》の妖精王ティーガー、水の妖精王リンディも厳しい表情で話を聞いている。

「だが、これはあっちの世界のことだから、完全に封鎖《ふうさ》すればこちら側は影響なくいられるかもしれない」

危険をおしてまで戦わなくてもいいんだぞ、とアタルは言外に語る。

「いえ、これはこちらとかあちらとか関係なく、全ての世界の問題です。もしそちら側が滅《ほろ》びればこちら側とて何もないはずがありません。きっと綻《ほころ》びや影響がでるはずです」

関係ない話ではない、みんなの問題であるとベルは言う。

「そうか……」

せめてここだけでも平和でいてもらえればと言ってみたことだったが、滅びた先のことを考えると彼の言葉が正しかった。

「でも、お気遣《きづか》いはありがとうございます。僕《ぼく》たちだけでも巻き込まれないようにというアタルさんの気持ちは本当に嬉しいです」

ベルはニコリと笑う。

だが、すぐに妖精王としての顔になる。

「この我々妖精たちの世界を守るためにも、僕たちは戦います！」

あれから妖精たちはキャロの両親とともに修業《しゅぎょう》を続けており、確実に強くなっていた。

それは、これから待ち受ける戦いを想定したものであり、アタルが来る前からしっかりと準備をしている。

「それは頼《たの》もしい。覚悟《かくご》ができているのなら、これ以上は言うことはないな。妖精たちの魔法は俺たちのとはまた違うから、一緒《いっしょ》に戦えるのを楽しみにしている」

彼らへの話を終えたアタルは立ち上がる。

「もう行くのですか？」

キャロの父ジークムートが尋ねた。

せっかく安全な状況で娘《むすめ》と会えたのに、もう行ってしまうのかと、名残惜《なごりお》しさを感じている。

「あぁ、色々といかないとだからな。だが、今回は道連れを増やすぞ」

「えっ？」

アタルの言葉に首を傾《かし》げているのはキャロ。

両親に会えるということまでは聞いていたが、誰《だれ》かを連れて行くというのは初耳である。

「二人には一緒に来てもらって、獣人の国の王に会ってもらう。俺だけじゃ信じてもらえないかもしれないから、一緒に説得してくれ」

「いや、それは……」

一度飛び出した国に帰るということに、ジークムートは難色を示す。

「お父さん、大丈夫《だいじょうぶ》です！　一緒に行きましょうっ」

そんな彼に励《はげ》ますようにキャロが声をかける。

「あなた、行きましょう」

援護《えんご》するようにふわりとほほ笑《え》んだ妻ハンナまでもが娘に同調した。

「お前たち…………わかった」

しばらく考えたが、彼女たちに説得されてはジークムートも納得せざるを得ず、アタルに同行することを了承《りょうしょう》する。

「にしても、イフリアがいないから結構移動に時間かかりそうだなあ」

空にある蒼鯨に向かうにはどうしてもイフリアが必要となるため、あちらに回したが、そのことでアタルたちはどうしても時間がかかってしまう。

「あの、それなら獣人《じゅうじん》の国の近くのゲートに案内しましょうか？」

「できるのか？」

「ええ、各地から迷い人が来ますからね。獣人の国の近くにもゲートはありますよ」

笑顔で答えるベルは、アタルの役にたてることを嬉しく思っている。

「それは助かる。頼めるか？」

「任せて下さい！」

「それじゃ、お礼と土産《みやげ》にこれを置いて行こう。使えるかはわからないが……まあ見てみてくれ」

アタルはそう言って、霊王銀《れいおうぎん》を置いて出口へと向かって行った。

ベルは案内のためアタルについて行ったが、残った妖精王たちは精霊《せいれい》の気配を感じる金属を初めて見て、ざわついていた。


「お、本当に獣人の国の近くに出るんだな」

ベルが案内してくれたゲートをとおると、遠くに獣人の国が見えるあたりに到着する。

「わあ、本当ですねっ！」

キャロは久しぶりに戻《もど》って来た故郷にワクワクしていた。

しかし、隣《となり》にいる両親は緊張《きんちょう》の色がぬぐえない。

今更《いまさら》戻って来ても、どの面下げて帰って来たんだと言われてしまうのではないか、それどころかそもそも存在を忘れられているのではないか。

そんなことを考えると不安が心を支配していく。

どこか落ち着かない二人の手をキャロがそっと握った。

「大丈夫ですっ」

不安に駆《か》られる二人のことをキャロは笑顔で励ましていく。

キャロは叔父《おじ》であるレグルスが二人のことを今も思っていることを知っている。

だからこそ、大丈夫だと強く確信していた。

「そう、か……？」

ジークムートはそれでも不安そうに確認してくる。

「あなた、娘が言ってくれているのだから信じましょう！」

そんな彼とは異なりハンナは腹を決めたらしく、先ほどまでの不安を振《ふ》り切っていた。

「……わかった。よし、行こう」

二人に励まされ、ジークムートも迷いを捨てて、獣人の国へと足を進める。

「ちょーっと待った。盛り上がっているところ悪いんだが、二人はこれをつけてもらえるか？」

アタルが取り出したのは顔の上半分が隠《かく》れる仮面だった。

「仮面？」

「ですか？」

急に手渡《てわた》されたため、夫婦《ふうふ》は受け取りながらも首を傾げている。

「いやいや、かなり時間が経過しているとはいえ二人ともこの国の重要人物だ。そんな二人が急に戻ったとなればちょっとした騒《さわ》ぎになるかもしれないだろ？　だから念のための、ってやつだ」

完全に隠してもよかったが、一部だけならばそういうものを装備している冒険者《ぼうけんしゃ》もいる。

それゆえに注目度がそこまであがらないだろう、というのがアタルの判断だった。

「なるほど……確かに」

「念のためは大事ですね」

理由を聞くと、二人とも納得して早速《さっそく》仮面を装着する。

「キャロもつけておくか」

もう一つ用意してあったものをキャロにも手渡す。

「えっ、わ、私もですかっ？」

まさかの提案にキャロは驚《おどろ》いてしまう。

「キャロも王族だからな。一応一度は姫《ひめ》として迎《むか》えられたわけだし……」

「あー……」

そんなことがあったのをキャロは完全に忘れていたため、アタルの言葉であの時の気持ちがよみがえって複雑な感情になっていた。

「とりあえず、王様に会うのは俺がいれば大丈夫だろうから、俺はこのままで行こう」

三人の仮面装着者＋2という五人組で城へと向かう。

アタルは国の救世主であるため、特に怪《あや》しまれることはなく丁重《ていちょう》に案内される。

謁見《えっけん》の間に行くとレグルス王は玉座から既《すで》に立ち上がっており、人懐《ひとなつ》こい笑顔でアタルたちを迎えてくれた。

「これはこれはアタル君。それから、そちらは……キャロかい？」

「はい、おじ様っ。お久しぶりですっ」

正体がばれている相手には意味がないため、キャロはすぐに仮面を外してにっこりと笑顔を浮かべながら挨拶をする。

「おぉ、仮面をつけているから一瞬《いっしゅん》だけわからんかったが、やはりキャロだな」

うんうん、とレグルスは久しぶりに見たキャロの笑顔に釣《つ》られて嬉しそうに笑った。

「久しぶりだな」

アタルもいつもの調子で声をかけていく。

「うむ、アタル君も元気そうでよかった……して、そちらの二人は？」

以前アタルたちが城に来た際は、アタル、キャロ、バルキアス、イフリアの四人だった。

しかし、今日はイフリアがおらず、見知らぬ二人が同行しているため、不思議そうな顔をしたレグルスが質問してくる。

見慣れたアタルとキャロにばかり目が行ってしまっていてレグルスは最初気づいていなかったようだが、ウサギの獣人の特徴《とくちょう》である長い耳を持つ二人の仮面をつけた獣人らしき人物を見て、心が震《ふる》えるのを感じていた。

「あぁ、こっちの二人は王様に紹介しようと思って連れて来たんだ。二人とも仮面を外してくれ」

アタルが言うと、無言のまま二人が仮面をとっていく。

仮面を外した二人はキャロとは違い、緊張で硬《かた》い表情のままだった。

最初は首をかしげていたレグルスは二人の顔を見るうちに、記憶《きおく》の奥《おく》の方にあった懐かしい顔立ちに気づいて心が震えるのを感じた。

「そのお姿……ああっ、兄上！　しかもそちらには義姉上までいるではありませんか！」

レグルスは涙《なみだ》を浮かべて伸ばした手を震わせながらゆっくりと近づいていく。

「レグルス……」

「レグルスさん……」

二人もまた彼の名を呼ぶが、その場から足が動かない。

ずっと国を留守にしていた自分たちがどう反応するのが正解なのか、未《いま》だ迷っているからである。

「お二人とも、ご無事で、ずっと生きていてくれたのですね！」

だがレグルスはただ二人が生きていてくれればなんでもよかったため、目からボロボロと涙が零《こぼ》れ落ちていた。

「レグルス……うぅ、すまなかった！」

「レグルスさん、ごめんなさい！」

そんな彼《かれ》に駆け寄った二人も涙を流しながら頭を下げる。

「いい、いいんです！　お二人が無事ならいいんです！」

そのままレグルスはジークムートへと抱き着き、彼が生きて帰ってきてくれたことを改めて実感していた。

そんな三人を見て、キャロの目からも涙が零れ落ちている。

（生き別れのみんながこうやって会うことができてよかった……）

その光景をアタルは微笑《ほほえ》ましく見守っている。

自分にはもう叶《かな》わない光景であるため、少し寂《さび》しさを感じると同時によかったと心の底から思っていた。

特にずっと一緒に旅をしてきたキャロの家族だからこそ、余計にそう思えたのかもしれない。

感動の再会は時間にして三十分ほど続き、その後場所を会議室に移した。

四人の目が真っ赤になって瞼《まぶた》が腫《は》れてしまうということはあったが、今は落ち着きを取り戻していた。

「さて、俺がここにやってきたのは感動の再会を果たさせるためだけじゃない」

「ふむ、では他にどんな理由で?」

レグルスは先ほどまでとは打って変わって、王としての顔でアタルに尋ねる。

既に話の内容がわかっているキャロとその両親は静かに聞いていた。

「以前、この国を守るためにオニキスドラゴンと戦ったことを覚えているだろうか?」

「もちろんだ。あの時君たちがいなければ国がなくなっていたかもしれない」

あの時は冒険者ギルドマスターのバートラム、Sランク冒険者のフェウダーも戦いに参加したが、最終的に中心となったのはアタルたちである。

「あれと同等以上……正確には何段階も上の相手と俺たちは戦っているんだ」

「なんと!?」

まさかの言葉に、レグルスは他の四人の顔を確認《かくにん》するが、いずれもが大きく頷いていた。

「それは遥《はる》か昔にこの世界を闇《やみ》に落とそうとした、邪神だ」

「邪神……」

アタルの言葉をオウム返しする。

「聖王国リベルテリアには邪神が封印《ふういん》されていて、それを魔族《まぞく》のラーギルが復活させたんだ。不完全だったから倒すことができたが、かなりの力を持っていた」

「リベルテリアに……」

邪神の復活を阻止《そし》しようとしたというアタルの話は衝撃的《しょうげきてき》だったようで、レグルスはなんとか理解に努めようと言葉は少なく、表情も硬い。

「それだけじゃなく、ヤマトの国にある霊峰《れいほう》不死にも邪神が封印されていて、そちらも封印を解かれてしまった。なんとか倒して再封印まで持っていけたんだが、その要石をラーギルに持ち去られてしまった」

「そんな……」

自分の知らないところでそのようなことが起きていたことに、レグルスはひどいショックを受けていた。

「……それで、我々はなにをすればいいんだね？」

それでもそのまま引きずられることはなく、アタルがここに来た意味を確認する。

これまでのやりとりから、アタルがここまで話してくれることだからこそ、きっとなんらかの形で自分たちもかかわりを持たなければならないと感じ取っていた。

「話が早くて助かる。俺たちは旅の中で色々な場所に立ち寄って、色々な国や勢力と知り合ってきた。ここに来るまでにも既にいくつか声をかけてきている」

そこまで言うと、アタルは強い視線をレグルスに向ける。

「ここ、獣人の国でも戦いに向けて準備をしてほしい。また、宝石竜《ほうせきりゅう》と戦えるクラスの冒険者や戦士がいたら紹介してほしいんだ」

アタルはこれまでの場所でも話したことをここでも伝える。

「――神と戦える者、か」

そう言って、この国にいる戦士を思い返していくが思い当たる人物はなかなかいない。

「……そう強いやつがポンポンいるわけはないのはわかっていたさ。まあ、そっちはいたらでいい。それよりも国の戦力や冒険者たちの力を強化する方に注力してほしい」

できないことを求めず、できることをやってほしいとアタルは要求する。

「それならばちょっと待ってくれ。冒険者ギルドマスターのバートラムを呼ぼう。彼にも聞いてもらわねばならん」

城の騎士《きし》たちだけでなく、冒険者も巻き込むとなれば彼にもきてもらう必要があるとレグルスはすぐに判断していた。

それから、急ぎの使いを出して駆けつけたバートラムにも同様の話をする。

「そんなことが……しかし、強化をするといっても、どうすれば」

騎士を強くするのはもちろんのこと、自由を信条とする冒険者たちを報酬《ほうしゅう》もなしに強くするというのは、一層難しいことだった。

どこの国でもやる気を出すきっかけが必要である。

「それには一つ考えがある。ここに二人の人物がいる」

アタルが指したのは、ジークムートとハンナである。

「この二人はかなりの実力を持っている。だから、彼らに稽古をつけてもらえばいい」

これにはレグルスがなるほどと頷く。

だがいきなり呼び出されて目の前の二人がどれほどの人物か知らないバートラムは首を傾げている。

戦い慣れてはいそうだが、本当にそんな実力があるのか？　という疑問と同時に何者なのか？　という疑問も抱《かか》えている。

「あぁ、バートラムは知らなかったな。こちらは以前の王太子である、ジークムート様。そして、その隣にいるのが奥様《おくさま》であるハンナ様だ」

アタルはあえて、仰々《ぎようぎよう》しく説明した。

「なっ、そんな方々とは知らず、失礼な態度を………しかし、お二人は亡《な》くなったと」

そう言う噂《うわさ》がまことしやかにささやかれていたことを知っていたバートラムが少し困惑《こんわく》したような顔でレグルスを見てお伺《うかが》いをたてる。

「二人は間違《まちが》いなく私の兄と義姉だ。その実力も確かだ」

昔から二人は強く、アタルが推薦《すいせん》するなら今も実力を備えているだろうと、笑顔のレグルスが太鼓判《たいこばん》を押《お》す。

「実力があって、王族ならば冒険者たちも話を聞いてくれますね……！」

この国の冒険者には獣人が多く、彼らは王族の血筋を重んじている。

それでいて強者ならば、なお興味を示すだろうことは想像に難《かた》くない。

ゆえに、ジークムートたちが指導してくれるのならば、冒険者たちも言うことを聞いてくれるはずだとわかると、バートラムの表情は明るくなる。

「さて、色々と問題が解決しそうだから、あとは頼むぞ」

アタルはそこまで話すと立ち上がり、キャロとバルキアスも続く。

「も、もう出発するのか？」

獣人の国に来てから、まだ数時間しか経過していない。

にもかかわらず、もう発《た》とうとしているアタルたちにレグルスは驚きを見せる。

「悪いが、他にも行かなければならない国がいくつかあるんでな。また会おう」

キャロは両親とレグルスとしっかりと抱擁《ほうよう》を交《か》わし、再会を誓《ちか》い合った。

それからアタルはこれから向かう国を思《おも》い浮《う》かべながら、獣人の国をあとにした。

それだけ行く場所があるというのは、それだけアタルたちが長くこの世界を旅をしてきたということである。

それからアタルたちは東にある港町へと向かった。

ここでは、フランフィリアの友人であるセーラが冒険者ギルドのマスターを務めている。

更《さら》には海底神殿《しんでん》にも向かい、海神ネプトゥスにも会った。

そこからは巨人《きよじん》の国、エルフの国にも立ち寄って、これまでに話したようなことを告げると、世界の危機とあってみんなそれぞれに出来ることをやると約束してくれた。

そして、アタルたちはついに戻って来た——。

# 第五話　始まりの街

「……なんだかすごく、懐かしいですねっ」

各地を回ってアタルたちが戻ってきたのは冒険者の街リーブル。

キャロは遠くに見えてきたリーブルを見て、なつかしさに目を細めている。

「あぁ、ここから俺たちの旅は始まったんだ」

長い長い旅のスタートの地、リーブル。

アタルとキャロが出会った場所。

冒険者登録をした街。

そんな特別な街への思い入れは二人とも強かった。

バルキアスは二人の間にある強いきずなを感じ取りながら寄り添《そ》っていた。

それから街の入口に近づいたアタルたちは門番の審査《しんさ》を軽く受けて街を歩く。

行きかう人々の穏《おだ》やかな雰囲気《ふんいき》と見覚えのある風景が次々と目に飛び込んできて、実家に帰ってきたような安心感があった。

「さて、とりあえず冒険者ギルドに向かうとするか……」

どこから行こうかと考えたが、まずはそこからだろうと冒険者ギルドへと向かった。

中に入ると、いつも通り活気に満ち溢《あふ》れており、多くの冒険者であふれていた。

「えーっと、とりあえず受付に……あの」

アタルがちょうど空いていたカウンターに向かい、以前にはいなかった受付嬢《うけつけじょう》に声をかける。

「はい、どういったご用件でしょうか？」

笑顔で顔を上げた彼女は冒険者としての客なのか、依頼主《いらいぬし》としての客なのか、どちらでも大丈夫なように質問をした。

「俺は冒険者のアタルというんだが、ギルドマスターのフランフィリアはいるか？」

「えっ……？　その、ギルドマスターとはどのようなご関係で？」

初めて見た冒険者が突然ギルドマスターを呼び出すことは、普段《ふだん》ならば考えられないことであったため、受付嬢は警戒《けいかい》するように訝《いぶか》しげな表情になった。

「あっ！　し、失礼しました。ギルドマスターですね！　すぐにお呼びします！　キーラさん、この方々はいいの！」

普段と様子の違《ちが》う二人のやりとりに気づいた別の受付嬢が間に入って、フランフィリアに取り次いでくれた。

どうやらこちらの彼女はスタンピードの際にもいた職員らしく、アタルたちのことを覚えている。

それゆえに、話はスムーズに進み、受付嬢がギルドマスタールームに報告に行ってからすぐに慌《あわ》てたような音を立ててフランフィリアが急ぎ足で階段を降りてきた。

「アタルさん、キャロさん、バルキアスさん！　あれ、イフリアさんがいませんね？」

まさかの来客に驚きながらも、冷静に足りない人物の名をあげる。

「あぁ、あいつは別任務だ。それより話があるからついてきてもらってもいいか？」

「えっ？　は、はい、今行きます！」

フランフィリアは書類仕事をいくつか抱えていたが、一瞬で優先度を判断してアタルたちについて行くことにした。

「マスター、良いのですか？」

気遣うように受付嬢が書類を後回しにしてもいいのかと確認するが、フランフィリアはためらいなく頷《うなず》く。

「恐《おそ》らく、こちらのほうが重要です。それもかなり重大な案件だと判断します」

これは直感であったが、遠方にいるはずのアタルたちがここまで来たということは、ただごとではないと考えていた。

「――その判断は正解だ、とだけ言っておこう」

さすがにこの場所で全てを明らかにするわけにはいかないため、ちらりと振り返ったアタルはその一言だけ伝える。

「ですよね。では、私は出かけてきますので、あとのことはお願いします」

小さく笑ったフランフィリアは受付嬢たちに指示を出すとそのままギルドを出て、アタルたちに同行していく。

「……それで、どこに行くのでしょうか？」

ギルドを後にして街を歩きながら、改めて目的の場所がどこなのかを彼女《かのじょ》は確認する。

「あぁ、ここの領主に話があるんだが、フランフィリアにも聞いてもらいたいから一緒に行ったほうが早いだろ？」

前回のバートラムの際には後から呼びつけたため、少し時間がかかってしまったことをアタルは思い出し、最短になるように行動していた。

「領主というと、グレイン様ですね。アタルさんはお知り合いなのですか？」

まさかの繋《つな》がりに、フランフィリアは驚きながら確認する。

「あぁ、知り合った順番で言うと、キャロやフランフィリアよりも領主グレインの方が先だったはずだ」

アタルはこの街に来た際のことを思い浮かべていた。

この世界に来たばかりの時、魔物《まもの》に襲《おそ》われているアーシュナを助けて、リーブルの街に案内されてグレインに会って、それからキャロに出会ったこと。

「まさかキャロさんよりも先に会っていたとは……」

初耳のフランフィリアは驚いていた。

それから、街の中をアタルたちとフランフィリアが一緒に歩いていると、自然と注目されているのをアタルは感じていた。

「やはりフランフィリアは有名人なんだな」

視線が彼女に集まっていると考えたアタルが言うと、これまたフランフィリアが驚く。

「なにを言っているのですか。この視線はお二人に向けたものですよ?」

少しクスクス笑ったフランフィリアは、この視線は自分ではなくアタルとキャロへのものだと考えていた。

「アタル様と私に、ですか?」

キャロもフランフィリアの人気だと思っていたため、小首を傾げた。

「お二人はスタンピードの際に大活躍《だいかつやく》なされていますからね。そのことを覚えている人たちの視線だと思いますよ」

当然のことだとフランフィリアは言うが、それに対してアタルは懐疑的《かいぎてき》になる。

「いやいや、そんなのだいぶ前のことだろ？　実際、今日最初に対応してくれたギルドの受付嬢だって俺たちのことを知らなかったんだ。ここの住民だって覚えてるはずがない。だから、フランフィリアの人気だ……まあ、キャロの人気もあるかもしれないがな」

呆《あき》れたような眼差《まなざ》しでアタルは首を振りながらそう答えた。

ギルドマスターのフランフィリアと一緒に歩くかわいらしいキャロの人気のおかげであって、自分はそのおまけくらいにしかアタルは思っていないようだ。

「いえいえ、やはりお二人が……」

「アタル様の人気というのはあるかもしれませんっ」

「いや、二人だろ」

歩きながら三人は領主の館に到着《とうちゃく》するまで互《たが》いのことを言い合っていたが、実際にはそのどれもが理由だった。

ギルドマスターのフランフィリアはこの街では有名であり、スタイルもいいことから自然と注目を集めている。

そして、キャロはウサギの獣人でかわいさの中に大きな胸というギャップ。

さらには、スタンピードのことを覚えている者はかわいさと強さの共存に惹《ひ》かれている。最後にアタルはというと、彼がスタンピードでとんでもない結果を残したことは冒険者たちの間で語り草となっていた。

特別な武器を使っており、最後に巨大《きょだい》な魔物に止めを刺《さ》したというのは冒険者たちによって街の人々にも広まっている。

倒《たお》した魔物の数も貢献度《こうけんど》もトップというのは憧《あこが》れであり、羨望《せんぼう》であり、特別である。

そして、話題には上がっていないが、毛並みの整っているバルキアスというフェンリルまで連れているからには注目が集まるのは当然のことだった。

雑談している間にアタルたちは領主の館に到着する。

ここでもアタルはノーチェックで領主のもとへと案内され、すぐに面会することに成功していた。

「おぉ、アタル殿《どの》、キャロさん。それにフランフィリアまで。とにかく久しぶりだ。さあさあ、お茶を用意させるからかけてくれ」

アタルたちがソファに腰《こし》を下ろすと、グレインは執事《しつじ》のギールに指示を出して準備をさせる。

「アーシュナは少しでかけていていないのだが、いやしかし、訪《たず》ねてくれて嬉しいよ」

優《やさ》しい穏やかな笑顔を浮かべているグレインは貴族で、この地の領主ではあったが、それを鼻にかける様子はなく、アタルたちを友人のように迎え入れてくれていた。

「彼女がいないならちょうどいい……少し重い話をしないとならなくてな」

その一言で、部屋の空気が少し重くなる。

「それは、どういった話だね？」

真剣《しんけん》な顔で聞き返したグレインはチラリとフランフィリアを見たが、彼女も知らないため困ったような顔をするだけで首を横に小さく振った。

「それを話すためには、俺たちの旅路について話す必要がある。少し長くなるが構わないか？」

「もちろんだ」

アタルたちの旅にも、また彼がする重い話にも興味を持っていたため、グレインは即答《そくとう》した。

「じゃあ、話していこう……」

アタルはキャロとともにこの街をあとにしてからのことを順番に話していく。

各国を巡《めぐ》ったこと、それぞれの地で強者と戦ったこと、キャロの故郷に行ったこと、神の力を持つ者たちと戦ったこと、邪神が復活したこと。

そして、未だ邪神側の勢力は健在であり、徐々《じょじょ》に力を取り戻していること。

フランフィリアとグレインは、最初のうちはアタルたちの冒険《ぼうけん》の物語を聞いて楽しんでいた。

しかし、後半になるにつれて表情は険しくなっていく。

「………というわけで、各地で戦力を強化するように話して回っているんだよ」

フランフィリアは旅の途中《とちゅう》のアタルたちと偶然《ぐうぜん》出会っており、そこで共闘《きょうとう》した経験がある。

そこでもアタルたちのとんでもない力を見せられ、それと同時に強力な相手と戦うことも経験していた。

それがあるからこそ、邪神関係の話が本当であると実感しており、早く動かないと危険であることも理解している。

「――なるほど、そんなことが起きていたのか……」

グレインはアタルの話を全て信じ、その上でどうしたものかと腕《うで》を組んで考《かんが》え込《こ》む。

「あの、アタルさん。それで私たちはどうすればいいんですか？」

大体の予想はつくが、フランフィリアはアタルの要望がなんなのかを確認する。

「この街にいる冒険者で強いやつをピックアップしてほしい。それから全体のレベルアップを図《はか》ってほしい。そんじょそこらの魔物にやられない程度にはな」

アタルはリーブルに来るまでの各国で話してきたことをここでも伝えた。

「それはどの程度の実力のことを指すんだ？」

前者についても、後者についてもどの程度の実力が必要なのかをグレインが問いかける。

「うーん、そうだなあ……強いやつっていうのは最低でもSランクは必要になるだろうな。フランフィリアはわかると思うが、宝石竜とまともに戦えるとなるとそれくらいは必要だろ？」

「そう、ですね。神クラスと戦うともなると、そこが最低ラインでしょうか」

自身もアタルのおかげで全盛期《ぜんせいき》の力を取り戻すことができた。

だからこそ、自らと同等以上でないと戦うのは難しいと考えていた。

「Sランク相当以上の実力が最低条件となると、かなり限定されてしまうな」

グレインの言葉はこの世界の実情を表している。

冒険者ランクはFから始まりAランクが一番上である。

Aランクの中でも特別強力な実力を持っている者や実績を残したものだけがSランクとしての認定《にんてい》を受けられるが、その人数は世界中を探しても多くはない。

そんな実力を持つ者がいたとしても、様々な理由から冒険者を引退しているものもいる。

「それでも、それくらいじゃないとあっさりと死にそうでな……それで、他の冒険者たちには俺《おれ》たち抜《ぬ》きでもスタンピードを普《ふ》通《つう》に戦《たたか》い抜けるくらいにはなっていてもらいたい」

この街を襲ったあのスタンピードの時は無数の魔物が街に押し寄せ、大活躍したアタルがいなければもしかしたらこの街は滅《ほろ》んでいたかもしれない。

それがわかっているからこそ、アタルがいなくても戦えるように、というのはかなり難しい要望である。

「装備のための素材はいくつか置いて行くから、それを使って装備面からの強化も考えてほしい」

アタルの要望は無《む》茶《ちゃ》なものばかりであったが、それだけの実力が必要になるというのが現実の話だった。

「わかりました。それでは、戻りましたら手配します……」

フランフィリアが動こうと立ち上がったところで、バンッと大きな音を立てて部屋の扉《とびら》が開かれる。

「アタル様、キャロさん！」

ちょうど出先から帰って来たところで二人がやってきたと聞いて、アーシュナは急いで部屋へと駆け込んできた。

「これこれアーシュナ。お客様に失礼だぞ」

グレインが彼女のことをたしなめる。

「あっ、す、すみません。失礼しました」

アーシュナは指摘《してき》されて、服装をただし、髪を簡単に整えてから改めて礼をする。

「みなさまお久しぶりです」

落ち着いた礼は美しく、貴族の令嬢《れいじょう》であることを体現していた。

「久しぶりだな」

「お久しぶりです」

「私も久しぶりね」

アタル、キャロ、フランフィリアの順で挨拶《あいさつ》を返す。

「アーシュナ様。みなさま大事なお話し中のようです」

「はい、それでは失礼します」

彼女は一瞬だけでもアタルたちに会うことができたため、それだけで少しの満足感を覚えており、邪魔《じゃま》をするつもりもなかった。

「物分かりがいいな」

「領主の娘《むすめ》として、しっかりしてくれているよ」

グレインは娘の成長を喜んでいる。

そんな親の顔を見て、アタルたちも自然と笑顔《えがお》になっていた。

「さて、今までの話を聞いて私から提案がある」

「聞かせてもらおうか」

自分だけでは思いつく案にも限界がある。

だから、こうやって提案をしてくれるのはありがたいことだった。

「この街は特殊《とくしゅ》な領地であり、他の国の影響《えいきょう》を受けることがない。いわゆる独立都市のような扱《あつか》いを受けている。ある意味では国と同じような扱いといっても過言ではない」

グレインに説明されて、アタルは驚く。

砂漠《さばく》の地下のような隠された都市ではなく、こうやって公になっている都市が独立都市として扱われているというのは通常ありえないことだったからだ。

「ゆえに、多くの国や領主やギルドマスター、それ以外にも傭兵《ようへい》団などとも繋がりがあるのだよ」

国よりも自由に動けるがゆえに、それだけの繋がりの広さを持っていた。

「そこで君たちが回っていない国も含《ふく》めて、私の方から知っている限りの繋がり全てに同様の内容を伝えようと思うのだがどうだろうか？」

アタルの助けになること、そして世界を救うために役立つことをグレインは申し出てくれた。

「それは助かる。ここまでにいくつかの場所には寄って来たが、それ以外のところはどうしようもなかったからな。よろしく頼《たの》む」

この申し出はかなりありがたいものであるため、アタルは頭を下げた。

「私からも手紙を書きますので、そちらも添えて下さい」

繋がりのある領主からの手紙に加えて、元Sランク冒険者のギルドマスターのお墨付《すみつ》きがあればより信憑性《しんぴょうせい》を持たせることができる。

「おー、それはいいな。フランフィリアも頼む」

アタルから頼まれて、フランフィリアはやっと手助けができると喜びを覚えていた。

「あ、それからもう一つ……世界のみなさんを集めての世界会議を開くのはいかがでしょうか？」

全員を集めることで、どれだけの実力者が集まっているのか、どれだけの戦力があるのかを把握《はあく》することができる。

「それもありがたい。でも、場所はどうするんだ？」

「ふふっ、それも考えてあります。場所はですね……」

こうして、アタルたちだけで動いていたものが、リーブルの街をきっかけに世界中へと広がっていくことになった。

# 第六話　世界会議

リーブルにアタルたちが立ち寄ってから、二週間のうちに全ての場所に連絡《れんらく》が行き届き、会場も決定した。

世界会議を行う場所は中立地帯でなければならないということで、フランフィリアが提案した場所にすんなりと決定していた。

その場所と言うのは南方にある高級リゾート地『グラルアイランド』。

アイランドという名のとおり、そこはひとつの島であり、年間通して温暖な気候で、有名な観光地としてこの世界で知られている。

最大の注意事項《じこう》として、ここでは基本的に戦闘行為《せんとうこうい》は禁止事項と決められていた。

各国からいろんな店が出張出店され、それを求めてお金持ちたちがこぞってきているため、その警備も厳重である。

そのため、各代表たちが集まっても安全と言うことで参加者たちの同意を得ることができた。

「話には聞いていたが、実際に来てみるとすごいな……」

グラルアイランドに降り立ったアタルたちは驚《おどろ》きに目を見開いていた。

今回の会議の提案者ということで彼らは他の者たちよりも先に到着している。

「す、すごいですねっ」

様々な街をまわって来たキャロもどこを見ていいのかとキョロキョロしてしまうほどに、今までの街とは毛色の異なる場所だった。

グラルアイランドへは大きな船に乗ってやってきている。

大きなビーチを横目に入場料を支払《しはら》って中に入ると、開放的かつ明るい雰囲気で、絵の具が敷《し》き詰《つ》められたパレットのように、白い石畳《いしだたみ》とカラフルな街並みが目に飛び込んでくる。

そして同時に様々な色合いの花吹雪《はなふぶき》のような物がキラキラと空から降り注いでいた。

風景を邪魔することなく、彩《いろど》りを添えるようなそれは触《ふ》れても実体がないのか地面に積もる様子もない。

まさにリゾート地と呼ぶにふさわしく、来訪者を楽しませようとしているのが伝わってきた。

そして入り口から奥へと続く大きな道沿いにはずらっと左右に店が立ち並んでいる。

武器、防具、アクセサリ、洋服、魔道具《まどうぐ》、靴《くつ》、帽子《ぼうし》、メガネ、薬品、食料品店、レストラン、軽食など、ないものを探すのが難しいほど多くのジャンルの店があり、来訪者を飽きさせないラインナップだった。

「街並みもそうだが、この空から降っているやつもすごいな。実体がないということは魔《ま》法《ほう》なのか?」

「すっごく綺麗《きれい》ですねっ」

キャロもそれを見て、くるくると回ってみている。

「ここでは各所に魔道具が設置されておりまして、供給された魔力《まりょく》をもとに美しい光景を生み出しております。この花びらはその一環《いっかん》でございます」

アタルの疑問に答えてくれたのは、ここの職員の制服を着用している人族の男性だった。

オールバックの髪型《かみがた》も、服装もピシッとなっているが、柔《やわ》らかな笑《え》みをたたえており、多くの人が好い印象を持つであろう様相である。

「突然《とつぜん》お話に入ってしまい申し訳ございません。私、アタル様方の案内を務めさせていただきます、エルガと申します。以後、お見知りおきを」

恭《うやうや》しく頭を下げながら、自らの立場を明らかにしていく。

「俺たちが来ることを知っていたのか、それに名前も……」

名乗っていないにもかかわらず、名前を呼ばれたことにアタルは首を傾《かし》げる。

「みなさんの特徴《とくちょう》は先に聞いておりました。それに、入場の際に名簿《めいぼ》の記入をしていただいておりますので……」

事前にこのような人物が来ると、フランフィリアが手紙を送っていた。

そこにアタルたちの特徴が記されていたことで、迷うことなく声をかけている。

メンバーの中心となる人物のアタルは人族の男性で、力も六人の中で最も強い。

キャロは兎《うさぎ》の獣人《じゅうじん》。相当な短剣《たんけん》の使い手であるが、可愛らしさから戦士であるようには見えない。

リリアは槍《やり》の使い手で、印象的《いんしょうてき》な赤い髪と好奇心《こうきしん》が彼女の特徴である。

サエモンはヤマトの国出身のサムライで腰には刀を携《たずさ》えた、和装の男性。

更にここに小さな竜のイフリアと狼《おおかみ》のバルキアスが同行していることも記されている。

こんな特徴的なパーティは他にあるわけがなく、パッと見ただけでアタルたちだと分かった。

「なるほどな……せっかくだから道中の店を見ていきたいんだが、それは構わないか？」

リリアの意識はすっかり槍に奪《うば》われているようで、許可を得たらすぐにも飛び出していきそうである。

我慢《がまん》しているが、キャロもアクセサリの店にチラチラと視線を送っていた。

サエモンもまたリリアのように刀の方へと気持ちが向いているようだ。

「……という状況《じょうきょう》でな」

やれやれといった様子でアタルが両手を広げながら言うと、エルガは笑顔で頷く。

「もちろんでございます。みなさまを案内する役目を帯びておりますが、それ以上に楽しんでいただくのが私の使命でして、こういった店に行ってみたいなどのご希望があればそちらへのご案内も致《いた》します」

こうなることをエルガは予想しており、その場合の対応についてもどうすべきか事前に考えてきており、アタルたちが楽しんでくれていることはむしろ好意的に受け取っている。

「それじゃあ、買い物の案内を頼む。それが終わったら次は……なにか面白《おもしろ》いところがあるといいんだが……」

会議よりも早くグラルアイランドに来たアタルたちは、ここがリゾート地であるとは聞いていたが、どんな施設《しせつ》があるとまでは聞いていなかったため、どうしたものかと考えてしまう。

「そうですね……それでは力試《ちからだめ》しのアトラクションへの参加などはいかがでしょうか？」

一瞬《いっしゅん》だけ考えるそぶりを見せたエルガは、笑顔で次の場所を提案してくれる。

「力試しのアトラクション？」

ただアトラクションとだけ聞いていたら、遊園地のようなものなのか？　と思うところだったが、前に『力試し』とついたことでアタルは興味を示す。

「はい、結果次第《しだい》で景品も出ますので、みなさまは腕も立つと聞いておりますし、挑戦《ちょうせん》してみてはいかがでしょうか？」

グラルアイランドはこの世界でも有名な観光地。

この地で景品がしょぼいということは考えられない。

そんなことをすれば客が離《はな》れてしまう可能性があるため、それなり以上のものが提供されているだろうことは想像に難くない。

「それじゃ、次はそこに行ってみよう。だが、まずはあいつらの買い物だな」

すでに先に歩きだしているリリアとサエモンに呆れながら肩《かた》をすくめたアタルも、エルガの先導で買い物へと繰《く》り出した。

なんだかんだ言いながらアタルも便利そうな魔道具を見たり、屋台でおいしそうなものを見かけるとつまんでみたりとリゾート地を楽しんでいく。

そうして買い物を終えた一行がエルガの案内でたどり着いたのは力試しのアトラクション。

いくつか種類があるようで、記録を残すと賞品の品目とともに入り口のところにその数字が提示されるシステムらしく、たくさんの人の記録が記されている。

「――すごいです、全部命中しましたっ！」

キャロがアタルの挑戦《ちょうせん》結果を見て嬉《うれ》しそうに拍手《はくしゅ》しながらはしゃいでいる。

アタルが挑戦したのは、動く的にボールを当てるアトラクションである。

一定以上の力を込めていなければ的に命中したと判定されないため、アタルは神の力を球に少しだけ込めて全ての的に命中させていた。

「こ、これは……」

それを見て案内役のエルガは驚いている。

これまでに挑戦した者は数えきれないほどいたが、全球命中させた上に全て命中判定となった者はただ一人としていなかった。

アタルが最高新記録をたたき出したことで会場をざわつかせていたが、当の本人は涼《すず》しげな顔をしている。

「ま、こんなもんだろ」

アタルにしてみれば魔眼《まがん》とこれまでの経験から、全ての球を命中させるのは簡単なことだった。

「景品は……魔力を強化する実か。悪くないな」

愛らしい制服を着たキャストの女性から好記録の賞品を受け取ったアタルは少し満足げだった。

魔力強化の果物は自然にしか存在せず、一つの木に三つまでしか実をつけないため、かなり希少なものであり、喉《のど》から手が出るほど欲《ほ》しい者も少なくない。

「じゃあ、私はこっちのやつやろうかな。せっかくだし、キャロも一緒《いっしょ》にやろうよ！」

「あっ、いいですねっ！」

リリアが言っているのは、ミニダンジョンで登場する魔物を倒してゴールを目指すもので、ゴールまでの時間を競《きそ》うというものである。

最大で四人まで参加できるが、彼女らは二人で行くとのことだった。

「あ、あの、お二人だけでよろしいのでしょうか？」

本来の人数よりも少ないため、心配そうなエルガがアタルに確認《かくにん》してくるが、アタルは肩をすくめる。

「別に二人で十分だろ。あいつらならどっちか一人でもそんなに変わらないだろうけどな」

「は、はあ……？」

けろっとしたアタルの返事に、エルガは困惑しながら言葉を返す。

結果として、二人はこれまでの最速タイムを大幅《おおはば》に縮めて新記録をたたき出してゴールした。

ちょうどゴールした瞬間《しゅんかん》をとらえたモニターには笑顔のキャロとリリアがハイタッチしている姿が映っている。

モニタリングしていたアタルはアトラクションを楽しむ二人を見てほほえみを浮かべていたが、エルガは驚きのあまり固まって立ち尽《つ》くしていた。

新記録の二人にはペアの腕輪《うでわ》がプレゼントされて、それらは装着者の力を高める効果があるとのこと。

サエモンは飛んでくる矢を避《さ》けるというアトラクションを、バルキアスは使《つか》い魔に競争させるというアトラクションに参加して、圧倒的《あっとうてき》かつ新記録という結果を残した。

そうして力試しのアトラクションの中でアタルたちが参加したものは全て他者を圧倒するほどの新記録に塗《ぬ》り替《か》えられたのだった。

「——は、ははは、こ、こんなことになるとは思ってもみませんでした……」

エルガはアタルたちの実力がここまで飛びぬけたものだとは思っていなかったため、乾《かわ》いた笑いを浮かべている。

「いやあ、なかなか楽しめたんじゃないか。他にも色々あるみたいだから、そのうち全部やってみるのもいいかもしれないな」

アタルたちが参加したら誰《だれ》も勝てないと理解したエルガは、これ以上の記録の塗り替えをされては少し困るかもしれないと苦笑いするしかなかった。


それからアタルたちは宿泊先《しゅくはくさき》のホテルへと案内されるが、そこはリゾート地の中で最も奥《おく》に位置している。

奥に行くほど等級の高いホテルになっており、そこは五聖火のホテルとなっていた。

これは地球でいう五つ星ホテルのことで、王族が泊まるようなＶＩＰ御用達《ごようたし》であり、十階建てで各階に一組しか泊まれない造りになっている。

その一番上にアタルたちは部屋を用意されていた。

「ここまで特別なサービスが用意されているとは思わなかったな」

「うむ、このような宿泊施設《しゅくはくしせつ》はヤマトの国にもないぞ」

『あったまるー』

『気持ちいいものだな』

アタル、サエモン、バルキアス、イフリアはのんびりと温かい風呂《ふろ》に入っているが、それはただの湯ではない。

温泉とも違う幻想的《げんそうてき》な白緑色《びゃくろく》のそれは、ある特別な泉の水を沸《わ》かしているものである。

「治癒《ちゆ》の泉なんてものが、存在するとはな……」

湯の説明に書かれていたが、世界のどこかに存在すると言われている、治癒の泉の水を汲《く》んできているとのこと。

その効能は、身体についた細かい傷や、過去の傷、それから疲労《ひろう》などを回復してくれるというものだった。

アタルたちのこれまでの戦いは熾烈《しれつ》を極《きわ》めたものばかりであり、身体には見えないような傷も多く存在している。休んでも抜けきらない疲労もあった。

それら全てがじんわりとほぐれるように癒《い》えていくのをアタルたちは感じている。

女性風呂に入っているキャロとリリアもそれは同様であり、最高のコンディションになっていた。

アタルたちが思い思いに羽根を伸《の》ばしながら身体を休めていると、徐々に各地の代表が集まってくる。

各地にある冒険者《ぼうけんしゃ》ギルドのギルドマスターをはじめ、各国の統率者《とうそつしゃ》（王、首相《しゅしょう》、代表）、種族の代表（古代竜人《りゅうじん》族など）、Sランク冒険者、元Sランク冒険者、傭兵団の団長、魔《ま》導《どう》協会の協会長など、様々な人物がこの島に集まって来ていた。

そして、ホテルの離れにある会議室を使って、初めての世界会議が開かれた。

会議室では大きな円卓《えんたく》を囲い、集められた面々が思い思いの席についている。

「……来てやったが、あの手紙の内容は本当なのか？」

「確かに情報の出所が怪《あや》しすぎる」

「フランフィリアの話でなければ来なかったぞ……」

「いやいや、力を失った元Sランクだろ？　そんなやつの話って信じられるのか？」

「私はリゾート地だから来たのだ、会議なんてテキトーに済ませて羽根を伸ばしていきたいものだ」

まずは否定派の面々から、今回の話における信憑性のなさを突《つ》かれる。

実際に邪神《じゃしん》や他の神を見たことがなければ、およそ信じられないものだった。

会議など口実で、さっさと話し合いを片付けてグラルアイランドでのんびり過ごそうというのんきな者までいた。

「お言葉ですが……邪神は実際に存在します。わが国では邪神と戦いました」

硬《かた》い表情で口を挟《はさ》んだのは聖王国リベルテリアの王、メルクリウスだった。

彼《かれ》は数少ない実際に邪神と戦った国の代表である。

「私も彼とともに戦ったから間違《まちが》いない」

テンダネスもメルクリウスの言葉の後押《あとお》しをしていく。

「はっ、師弟《してい》が互いにかばいあっている光景は滑稽《こっけい》だな」

二人の関係性を知っている者が鼻で笑い飛ばしながらそんなことを言ってくる。

直接自分たちのところに被害《ひがい》が出ていないものは、この会議に顔を出したのはあくまで体裁を繕うため、という雰囲気《ふんいき》が感じられた。

「わがヤマトの国でも霊峰《れいほう》に封印《ふういん》されていた邪神が魔族《まぞく》によって復活させられました。そちらにいるアタル殿たちの助力もあってなんとか倒すことに成功したものの、あれは普通では考えられないほどの力を持っていました」

リベルテリアと同様、ヤマトの国でも邪神と戦っており、そのことを新将軍のマサムネが説明していく。

「あー、ヤマトね。最近開国したんだったか？　外の国と繋がりたいからって、そんなとんでもない話をもってこられてもなあ」

それにも難癖《なんくせ》をつけるものが出てくる。

これまで鎖国《さこく》していたことを腹立たしく思っていた人物だったようで、どこか突き放《はな》すような口ぶりで話す。

「ふむ、私としてはどこの国にも所属していない者たちが列席していることに疑問を持っているが……？」

訝《いぶか》しげな顔をしたある国の王が、アタルたちのことを見ながら言う。

「あ、あの、僕《ぼく》は北の帝国《ていこく》の代表としてきたコウタと言います。帝国でも魔族が暗躍《あんやく》をしていて、アタルさんたちが助力してくれたおかげでなんとか倒すことができました」

コウタは邪神の存在の有無《うむ》ではなく、アタルたちの実力が信じるに値するものであることを話していく。

「ふんっ、今度はよくわからんガキの発言か。さっきヤマトの国の邪神を倒したとも言っていたが、そいつらは本当にそんなに強いのか？　見た感じ、大した力を持っていないように見えるぞ」

呆れたような眼差しでコウタの発言を突き放した人物は、アタルを一瞥《いちべつ》してその眼光を強めた。

アタルたちは力を完全に隠《かく》しているため、このようなことを言われてしまっている。

（……レジスタンスに協力した時も似たような感じだったな）

帝国でのやりとりに似ているなと、アタルは無表情のまま考えていた。

ちなみに、キャロ、リリア、サエモン、バルキアス、イフリアは発言するなとアタルから強く言われているため、アタルを馬鹿にした発言をされても全員無言を貫《つらぬ》いている。

（ふう、仕方ない……）

邪神やラーギルなどとの戦いを前にわざわざ各地の権力者、実力者に集まってもらったが、それはこんなくだらないやり取りをするためではない。

大体の侮《あなど》るような発言はアタルがこれまでかかわりを持ってこなかった国や人物であるがゆえに、高ランクではないアタルたちの名前や実力を知らないのも当然である。

邪神や国の問題を、といったところでその現実を目《ま》の当たりにしていない彼らに危機感はほぼないに等しい。

アタルがため息交じりに立ち上がろうとした瞬間、フランフィリア、ハルバ、マサムネが代わりに立ち上がった。

「集まってもらった手前、黙《だま》って聞いていましたが、どれも聞き流すにはどうにも失礼な言葉ばかりですね。彼らはリーブルでのスタンピードの際にも誰よりも活躍《かつやく》し、街を守ってくれました。そして宝石竜《ほうせきりゅう》アクアマリンドラゴンとの戦いでも力を示しました」

まずはフランフィリアが怒《いか》りのこもった表情で言う。

彼らを旅の最初の頃《ころ》から見てきた彼女《かのじょ》だからこそ、その思いは強い。

彼女の怒りが冷気となって部屋の温度を下げていき、文字通り空気が凍《こお》りついていく。

これまで馬鹿にしていた者たちもさすがに口を閉ざしてしまう。

「あぁ、リベルテリアでの彼らの戦いは見事なものだった。冒険者ランクなど指標に過ぎない。彼らはランクこそ低いが、全員がSランク冒険者以上の力を持っている」

今度はハルバが敵として戦っていたからこそ体感できたアタルたちの強さを語る。

「先ほども言いましたが、邪神との戦いではアタル殿たちがいなければ勝つことができませんでした。その実力は恐《おそ》らくこの場にいる誰よりも上だと思われます。見た目にとらわれているような御仁《ごじん》ではわからぬ強さが彼らにはあります」

冷ややかな眼差《まなざ》しのマサムネは邪神との戦いにおけるアタルたちの活躍を見て、この人たちには勝てないと思わされており、そんな彼らが侮辱《ぶじょく》されることに耐《た》えられなかった。

他にも、アタルたちの力を見てきた者たちは、そのとおりだと頷《うなず》いている。

「そーかよ、またデカイことを口にしたものだな？　そんなに言うならそいつらと戦わせろよ。俺たちと戦って勝ったら信じてやってもいいぞ」

馬鹿にしていたはずの自分たちが、今度は侮られていると感じたのか、各国で傭兵稼業を営んでいるグランドバッハ傭兵団の団長、グリアスがドンと机をたたいてそう言った。

ぶ厚い胸板《むないた》と太い腕が服からはみ出るほどで、屈強《くっきょう》さを現すような勇ましい顔立ちだ。

彼は力を示さないで自分たちよりも強いと言われている者たちのことが許せずにいる。

「アタルたちが相手をするまでもない。私が貴様の相手をしてやろう」

そんな彼を睨《にら》みつけながらハルバは殺気を向けていた。

「あん？　お前がなんで……」

イラつきながらグリアスが問いかける。

戦うのならアタルたちであって、おまえじゃないだろう？　と暗に語っていた。

「ふん、彼らは私たちよりも遥《はる》かに強い。だが、お前は私より弱いからな。私にも勝てない者が彼らに勝てるはずもないだろう」

「よく言った！　上等じゃねえか、ならまずはお前をコテンパンにしてやるぜ！」

グリアスの額には青筋が浮《う》かんでおり、ハルバのことを完全にターゲットにしていた。

「俺はSランク冒険者のボーリアっていうんだけど、そっちのヤマトの美人さんは俺と遊ぼうか？」

そう名乗りをあげたのは、Sランク冒険者のボーリア。

金髪《きんぱつ》のふわふわとした髪と甘《あま》い顔立《かおだ》ちは女性に人気のありそうな雰囲気で、鎧《よろい》を身にまとっている。

彼は曲剣と呼ばれる湾曲《わんきょく》した剣《けん》を使っており、似たタイプの日本刀を使うサムライに興味を持っていた。

さらにはマサムネが美人であるため、女好きの彼はへらへら笑いながら舌なめずりするように見ている。

「ええ、構いませぬ。私がお相手いたしましょう」

舐《な》めた態度のボーリアにマサムネは冷たい声で返事をした。

「私は魔導協会副会長のメルネスです。果たして魔法に対しても同様に強さを持っているのかお見せ願えますか？」

それはフランフィリアに対する挑戦状《ちょうせんじょう》だった。

眼鏡の位置を正しながらそう言い放ったメルネスは月夜を思わせる濃《こ》い藍色《あいいろ》の魔法使《まほうつか》いのローブに、艶めく濃い金色のウェーブのショートヘアをしている。

少女のような見た目とは裏腹に冷静な物言いではあるが、力を失ったと聞いているフランフィリアがこれ見よがしに中心となって発言していることを鬱陶《うっとう》しく思っていた。

「魔導協会の……ええ、構いません。それでは私がお相手いたします」

彼女が死《し》に物狂《ものぐる》いで自分の力を取り戻《もど》そうとした際に訪ねたとき、手ひどく追い払《はら》われたことを思い出したフランフィリアはメルネスの発言に不敵に笑って引き受けた。

「で、どこでやるんだ？」

ずっと黙っていたアタルが疑問を口にした。

さすがに戦闘行為を禁止されているグラルアイランド内の、しかも会議室というこの場所でやるわけにもいかず、かといって今からグラルアイランドを出てまで外で戦うことはそもそも考えられない。

「お任せ下さい！」

ぬっと突然現れたのは、子どものような身長で口ひげをくるんとさせ、ぴしっとタキシードを着た人物だ。

「私はここグラルアイランドの責任者、ピエロと申します」

サッと現れた彼は自己紹介《じこしょうかい》をすると恭しくお辞儀《じぎ》をする。

「みなさんご存じだとは思いますが、グラルアイランドでは戦闘行為が禁じられております。それはどのような権力をお持ちであっても関係なく、でございます」

ここで過ごす大前提のルールであるため、先ほどのように互《たが》いに了承《りょうしょう》したとしても戦うことはできない。

「で・す・が、唯一《ゆいいつ》の例外がございます！」

「コロッセオですね？」

獣人の国の王レグルスが答えると、ピエロはニヤリと笑う。

「そのとおおおり！　そのとおりでございます！　あの場所は戦いを中央の舞台《ぶたい》上で行っ

てもらいますが、周囲に影響がでないようにとてつもなく強力な結界が張られております。なおかつ、戦いの際に負った怪我《けが》は試合終了《しゅうりょう》後、回復する特別仕様となっているのです！」

大きく手を広げて仰々《ぎょうぎょう》しくそう語るピエロは自慢《じまん》げな顔だ。

コロッセオでは、日々実際の魔物《まもの》との戦闘《せんとう》などを行っており、それは安全が担保されているうえでのものである。

「そのコロッセオをみなさまに開放いたしますので、そちらで戦っていただければと思いますが……いかがでしょうか？」

にっこりと笑みを深めたピエロの呼びかけに、みんな頷いていく。

この地で戦う場所を、しかも安全に配慮《はいりょ》して提供してくれるのであれば、この上ないことである。

「では、我々が勝てばアタルたちのことを、そして彼らの言う邪神の存在を信じて今後の対応をしてもらえるということでいいか？」

ハルバが問いかけたのは対戦相手だけでなく、先ほどまで反対意見を言っていた者たち全員だった。

「……まあ、あり得ないことではあるが、彼らが負けるようであれば信じてもいいだろう」

「そうですね。最強の傭兵団の団長、新進気鋭《しんしんきえい》のSランク冒険者、そして実力は若手ナンバーワンと言われている魔導協会の副会長なら、その実力は折り紙付きでしょうから勝てるわけもないでしょう」

アタルたちは知らないが、対戦相手の三人は誰もが認める実力者で、その名前は広く知れ渡《わた》っている。

「……で、お前たちが負けたらどうするんだ？」

挑発的《ちょうはつてき》なグリアスからの質問に、ハルバは困って押《お》し黙ってしまう。

負ける時のことを考えていなかったため、どうするのがいいか答えを持っていない。

それはマサムネとフランフィリアも同様だった。

「じゃあこいつらが負けたら、俺《おれ》がみんなに土下座をして謝《あやま》って、ここまで集まってもらったことに対しての賠償金《ばいしょうきん》を払って、更《さら》にこの右腕《みぎうで》を斬《き》る」

まさかの発言に全員の視線が発言者に集まっていく。

それは、今回の話の中心人物であるアタルだった。

「どうした？　まさか世界中の権力者、実力者を自分たちの発言をきっかけに集めておいて、それくらいのリスクを負わないわけがないだろ？」

個人で負うにはとてつもない条件であるため、みんな言葉を失ってしまう。

いくら今回のことをもくろんだ人物だったとしても、賠償金をはじめ、今後生きていくうえで片腕《かたうで》を失うのはリスクが高すぎると誰もが思った。

「まあ大丈夫《だいじょうぶ》だ。負けるわけがないからな……だろ？」

「「「もちろん！」」」

思わぬアタルの発言に驚いたものの、気合の入ったハルバ、マサムネ、フランフィリアの言葉はぴたりと重なる。

アタルが信じてくれることでより自信が漲《みなぎ》っていた。

「ふ、ふふふ……！　これは面白いことになりましたね！　それではみなさんをコロッセオにご案内いたしましょう！　しばしの我慢を」

ピエロがそこでかわいらしいステッキのような傘《かさ》で床《ゆか》を二度叩《たた》くと、この会場にいる者を一気に包囲するほどの巨大《きょだい》な魔法陣《まほうじん》が床に作り出された。

そして強い光が放たれたことで全員が目を閉じる。

次に目を開くと、そこはコロッセオの入り口前だった。

「おー、転移魔法陣か。すごいな」

「あっという間ですっ！」

アタルが素直《すなお》に感心し、キャロは驚きと感動で目をキラキラさせている。

「すっごいね！」

「…………」

リリアも同様であり、サエモンは言葉を失っていた。

他の者たちも多くが今の魔法に驚いているようである。

その時、キーンという音のあとに声が聞こえてきた。

『こちら島内放送です。これより、コロッセオでよそでは見られない強力なカードの戦《たたか》いを見ることができます』

言葉のとおり、それは島内全域に放送されている。

『第一試合　Sランク冒険者最強の槍使いハルバ　VS　グランドバッハ傭《よう》兵《へい》団の団長グリアス！』

『第二試合　ヤマトの国将軍マサムネ　VS　売り出し中の注目株、現役《げんえき》Sランク冒険者のボーリア！』

『第三試合　元Sランク冒険者にして、現在冒険者ギルドマスターを務めているフランフィリア　VS　若手ながらこの地位につく実力の持ち主魔導協会副会長メルネス！』

三つのカードが読み上げられると、彼らのいずれかを知っている者が大きな声を上げていた。

「これは絶対に見逃《みのが》せないぞ！」

「すごいカードだな」

「フランフィリアって確か元Ｓランク……？　現役引退したらしいが、今はどうなんだ？」

「いやいや、あの新進気鋭の魔導協会副会長様に勝てるわけがないだろ」

「ヤマトの国の将軍って、あそこって外に出てきていいのか？」

「ついに開国したらしいぞ」

「グランドバッハ傭兵団って、一人一人の腕前《うでまえ》が相当なもので、そこの団長は最強と名高いやつじゃないか」

「そんなやつにあんな若造が勝てるのか……？」

そして、口々に今回の参加者について話をしていく。

『会場は島内にあります、コロッセオ。開始時刻は二時間後となります。是非《ぜひ》皆《みな》さま奮ってお集まり下さいませ！』

強引《ごういん》にコロッセオを使用するよう都合をつけており、それも見物客をいれる形にして観覧料をとるというものだった。

組み合わせが特別なものであるだけに、その料金もかなり高額に設定しているが、ここに滞在《たいざい》している者であればその程度の支払いは十分に可能である。

そして、このことはアタルたちには知らされない。

「参加者のみなさまは控室《ひかえしつ》にご案内します。観覧のみなさまはVIP観覧席へどうぞ」

ピエロの部下たちによって、それぞれの場所へと誘導《ゆうどう》されていく。

アタルももちろん観覧席で見ようとついて行こうとしたが、それはピエロによって止められた。

「――アタル様には別の席に来てもらいたいのですが、よろしいでしょうか？」

「……まあ、色々都合をつけてもらったからな。いいだろう。キャロたちはそっちに行ってくれ」

かなり大規模なことをあの短時間でやってもらっているため、それくらいのことは飲んでもいいだろうとアタルは素直にピエロについていくことにする。

「ありがとうございます。それではこちらへ――」

ピエロについて通路を突き進《すす》んでいくと、たどり着いたそこは実況席《じっきょう》だった。

「アタル様の眼はとてもよろしいようなので、是非解説として色々とお話しいただければと思います」

笑顔《えがお》を絶やさないピエロはマイクの前にある椅子《いす》に座《すわ》らせようと案内する。

彼はアタルが魔眼持ちであることに気づいており、しかも今回の参加者であるハルバたちと知己《ちき》の関係であることにも目をつけていた。

「なるほど、まあ悪くない判断じゃないか。実況はあんたがやるのか？」

「ええ、今宵《こよい》の戦いは特別なものですからね。他の者に譲《ゆず》るには惜《お》しいのでございます」

うっとりと嬉しそうにほほ笑むピエロはこれからの戦いに胸を高鳴らせている。

一生に一度見られるか見られないかと言う特別なカードであるため、ピエロは自らがアタルとともに実況を担当するつもりだった。

「確かにな。それで……あの数字はどういうことだ？」

ピエロの思惑《おもわく》を分かっていながらもあえてアタルは指をさして聞いた。

コロッセオ内には、魔道具によるスクリーンがあり、名前と数字が表示されていた。

「今回の戦いは全て賭《か》けの対象になってございまして、倍率が表示されております」

元々コロッセオでは人と魔物の戦いで、どちらが勝つかという賭けが行われている。

今回はその延長線上で彼らの試合で賭けが開催《かいさい》されているようだ。

「なるほどね。じゃあ俺が賭けるのは……」

この問いかけに申し訳なさそうな顔でピエロは首を横に振《ふ》った。

さすがに解説の人間が賭けに参加するというのは許されないということらしい。

仕方ないとアタルが諦《あきら》めた時に、視線を感じたため、ちらりとそちらを見る。

（賭けました）

そこには笑顔のキャロがおり、口をパクパクと動かしてそのことを伝えてくれた。

アタルの腕《うで》が賭かっている勝負に出てくれている彼らに賭けるのは当然だった。

「……」

「ふふっ、お仲間はアタル様のお考えを理解されているようですね」

仲間が賭ける分には問題ないようで、ピエロはそのやりとりを見て、微笑《ほほえ》ましいなと笑っている。

「まあな……それで、今回の戦いだがあいつらはかなり強いぞ？」

「問題ありません——と言いたいところですが、かなりの実力者揃《ぞろ》いですので、念のため結界の強化を指示しておきましょう」

アタルが懸念《けねん》していたことはすでにピエロに伝わっており、すぐに戦いの影響《えいきょう》が外に出ないように念入りに準備をさせていく。

観客もどんどんコロッセオに入ってきており、物珍《ものめずら》しい有名人同士の戦いかつ、その人物のネームバリューも相まって徐々《じょじょ》に盛り上がりを見せていた。

# 第七話　力の証明

コロッセオでは戦いに向けて盛り上げるように、大きな花火があがっていた。

普段《ふだん》舞い落ちてくる魔法《まほう》の花びらも一層輝《かがや》かしさを増している。

そしてコロッセオ内では食事も提供されており、売り子の女性たちが大きな声をあげて集客を図《はか》っていた。

まさに一大イベントという様相を呈《てい》している。

しかもただいつものように戦うだけではつまらないだろうと、主催《しゅさい》のピエロが賭け金《きん》の最低金額を普段《ふだん》の倍以上に設定していた。

「……よくやるな」

アタルはそれに対してやや呆れ気味《あきれぎみ》だった。

「この盛り上がりを商売に役立てない手はありませんからね！　こういう突発《とっぱつ》のイベントはお客様に好まれやすいですし、今回は戦い手があれほどの有名人ですから、非常に盛り上がるのでございます。くっくっく……」

それだけ盛り上がれば、みんなの財布《さいふ》の紐《ひも》も緩《ゆる》くなる。

そこを狙《ねら》って、儲《もう》けようというのがピエロの狙いだった。

「まあ、面白いからいいけどな」

アタルもこれからの戦いを楽しみにしているため、この盛り上がりも楽しんでいる。

一方で参加選手たちは、舞台の袖《そで》に待機していた。

「――これはなかなかすごい催《もよお》しになりましたね」

フランフィリアは呆れながらも、笑顔を浮かべている。

「みんな喜んでいそうだなあ。これは良いところを見せないと」

白い歯を見せて笑うハルバは観客席にいる人々が盛り上がっているのを見て、頑張《がんば》ろうとやる気になっていた。

「……一国の主だというのにこのようなことをしていても良いのでしょうか？」

まさかこんなことになるとは思っておらず、マサムネは恥《は》ずかしくなってきていた。

アタルの名誉《めいよ》をかけた戦いだとは言え、自国以外の場でこういうことになるとは思ってもいなかったマサムネは居心地《いごこち》が悪そうだ。

「あー……で、でも、我々の戦いがアタルさんたちのためになりますから！」

苦笑《くしょう》したフランフィリアは彼女の気持ちを理解しながらも、なんとか元気を出すように励《はげ》ましていく。

「ならば、一気に終わらせると良いのではないでしょうか？」

槍《やり》を構えて凛々《りり》しい顔をしたハルバは、恥ずかしい時間を短くするための方法をマサムネに提案する。

「なるほど、それならば……はい」

一気に終わらせればいいということを言われて、恥ずかしさを最小限に抑《おさ》えられる光を見たような気持ちになり、少し表情が明るくなる。

それと同時に吹《ふ》っ切れたように戦いに向けて気合の入った表情へと変わっていた。

「まずは私が盛り上げてきますので、お二人も頑張って下さい」

「はい！」

先鋒《せんぽう》を務めるハルバの言葉に、マサムネは明るく返事をする。

「私も頑張りますよ！」

フランフィリアも大きく胸を張って気合をいれていく。

「――あいつら調子に乗りやがって」

和気あいあいとしているハルバたちを見て、グリアスは苛立《いらだ》ちを見せていた。

「ふっふっふ、あんな顔をしていられるのも今の内だけさ。戦いが始まれば……ふふっ」

ボーリアはマサムネとの戦いを楽しみにしており、どういたぶってやろうかと考えているのか、下品に笑っている。

「私は魔導協会の威信《いしん》がかかっていますから、油断はしません」

そう冷たく言い放ったメルネスは、フランフィリアに絶対に負けるわけにはいかないと神経質になっているようで、ピリピリしていた。

参加選手たちも試合に向けて、徐々に緊張感《きんちょうかん》を増していく。

その状況《じょうきょう》にあって、全体の中で最もイライラしている人物がＶＩＰ観客席にいた。

「――ううう」

イライラしながら不満いっぱいに顔を膨《ふく》らませ、唇《くちびる》を尖《とが》らせているのはリリアである。

「もう、なんでハルバの評価が低いの⁉」

その視線の先には一番目の試合のハルバとグリアスのオッズが表示されているが、２：８でハルバが劣勢《れっせい》という結果になっており、それがリリアの機嫌《きげん》を損《そこ》ねていた。

「大丈夫です、結果で覆《くつがえ》してくれますよっ。ハルバさんなら圧倒的な勝利を見せてくれるっていうのは私たちが一番知っていることじゃないですかっ」

不機嫌《ふきげん》なリリアをなだめるようにキャロは笑いかける。

しかし、これは気休めではなく、ハルバなら確実に勝てると確信しているからこその言葉だった。

「そうだよね！　ハルバならガツンとやっつけてくれるよね！」

「それに……この数字なら大儲《おおもう》けですよっ」

「そっか！　それならしっかり応援《おうえん》しなきゃ！」

これによってリリアの機嫌も直ったようで、試合を楽しみにできるくらいのご機嫌になっていた。


『さて、試合の時間が迫《せま》ってきておりますのでここで自己紹介をしたいと思います。私は実況を担当させていただきます、ピエロと申します。そして、本日の解説として冒険者アタル様においでいただきました』

『解説のアタルだ。どこまでできるかわからないが、できる限り解説するつもりだ』

一応二人の自己紹介に拍手《はくしゅ》が起こるが、解説者のアタルが来場者たちにとって何者かわからないため、盛り上がりはイマイチである。

『今回の試合には色々なものが賭けてあります。観客のみなさまはお金を賭けていると思いますが、解説のアタル様もとんでもないものを賭けているのです』

このピエロの言葉にざわめきが起こる。

『なんと、ハルバ選手、マサムネ選手、フランフィリア選手が負けた場合、アタル様は各方面に謝罪をし、賠償金を払うことになっております』

さすがに具体的なところは避けるが、ペナルティを話す。

しかし、この程度では大したことはないじゃないかと、観客たちのリアクションはあまり良くない。

『――それだけではございません。さらに、アタル様はご自身の右腕を賭けております』

その意味がわからず、観客席のざわつきが大きくなっていく。

『右腕を賭けるというのは、俺の右腕をたたっ斬るということだ』

その意味を本人が説明したことで、ざわつきは止まり観客は固まってしまう。

『ん？　伝わらなかったか？　だから、俺の……』

『い、いえいえ、伝わっております。内容が衝撃的《しょうげきてき》過ぎるのです……』

アタルが再度説明しようとするが、すぐにピエロが止めてみんなの心境を代弁する。

『そうか、ならよかった』

特に気にした様子もなく、アタルは試合に気を向けていく。

『き、気を取り直しまして、実況に移らせていただこうと思います』

なんとかピエロは主導権を取り戻して、観客を実況に集中させていく。

『第一試合の選手の紹介をしていきましょう。まずは世界に数えられるほどしかいないとされるSランク冒険者。その中でも最強の槍使いと言われているハルバ選手です』

その声に合わせるようにハルバが試合会場に入ってきた。

拍手が起こり、それに対してハルバは手をあげて応える。

『Sランクの冒険者で、今は聖王国リベルテリアで騎士《きし》と冒険者に指導をすると同時に鍛《たん》錬《れん》を重ねている。実力は十分だろう』

実際に本気の力を見てはいないが、リリアと模《も》擬《ぎ》戦闘《せんとう》をしていたという話から、十分な実力を兼《か》ね備《そな》えているとアタルは判断していた。

『なるほど、どのような槍撃が見られるか期待が膨らみますね！　対するは、グランドバッハ傭兵団の団長グリアス選手です！』

筋骨隆々《りゅうりゅう》のグリアスがゆっくりと入場すると、ハルバの時よりも大きな拍手が起こる。

歓声《かんせい》を浴び慣れているのか、フッと口元だけ笑いながら背中に二つの大きな片手《かたて》斧《おの》を装備して仁王《におう》立《だ》ちしている。

『グランドバッハ傭兵団といえば、各地で魔物討伐《まものとうばつ》や戦争に参加する有能な傭兵が集まっております。その団長といえば、他の傭兵たちが束になっても敵《かな》わない最強の人物との話でございます』

グランドバッハ傭兵団はかなり有名であるらしく、ピエロの説明を聞いて更に大きな拍手が起こる。

『俺はその傭兵団を知らないが、見た限りではかなり好戦的な性格と屈強な肉体で、その性格でもまかりとおっているということは、下の者たちがそれでもついてくるだけの強さを持っているだろうな』

アタルは知っている情報の中から、彼の力量についての分析《ぶんせき》をしていた。

『得意な武器は片手斧ということから、シンプルに攻撃力《こうげきりょく》がかなり高いだろう。ただハルバの武器は槍で速度には自信があるだろうから、力と速度……どちらが勝つか興味深い』

彼が装備している武器に関しても確認《かくにん》しているため、それも解説に取り入れている。

『なるほど。さて今の解説も含《ふく》めたうえで、みなさまどうぞ賭けの締《し》め切りギリギリまでお悩《なや》み下さいませ！』

選手紹介ののち、一度マイクオフしたピエロがホッとしたように一息ついていた。

「アタル様、ありがとうございます。お呼びしたものの、相手側について知らないということで不安もありましたが、ちゃんと解説していただけているので安心しました」

ここに連れてきたのはピエロだが、アタルの解説が思っていたよりもハマっていて、自分の目が正しかったことを喜んでいる。

「まあ、やるからにはな」

引き受けたからには自分なりに分析した内容を話そうと考えていたが、ピエロが満足そうにしているのを見て、内心では安堵《あんど》していた。

「このあともアタル様の思うように話していただいて構いませんので、ぜひよろしくお願いします」

「あぁ、わかった」

そのすぐあとに賭けも締め切られ、いよいよ第一試合が始まる。

『それでは、ハルバ選手、グリアス選手、舞台に上がって下さい！』

再びマイクオンになったピエロの声に従って、二人は対面のサイドから舞台に上がっていく。

「グリアス、頑張れー！」

「グリアス様ーっ！」

「団長おおおッ！」

グリアスに賭けている客が多いこともあって、彼に対する歓声が多くを占《し》めている。

「むむむ……」

これを気にするのは当人ではなく、やはりリリアである。

「リリアさんっ」

そんなリリアに微笑んだキャロが彼女の背中をポンっと叩《たた》いて、声を出してあげるよう促《うなが》した。

「ハルバアアアアアアアアア！　負けたら承知しないからねえええええええ！」

立ち上がって力を込《こ》めた声は、他の声をかき消して、真っすぐにハルバへと届く。

「ふっ……任せろ。必ず、勝つ！」

そんな彼女の言葉に鼓舞《こぶ》されたハルバは不敵に笑うと槍を掲《かか》げて勝利を誓《ちか》う。

「うんうん」

それを聞けたことでリリアは満面の笑《え》みで席に座る。

「よかったですねっ」

「うん！」

キャロの言葉にも、ご機嫌で返事をした。

しかし、このやりとりを見た観客たちは二人の関係性について考察し始める。

「……あの二人、怪《あや》しくないか？」

「――付き合ってるのかな？」

「夫婦《ふうふ》、とか？」

「あれだけ大きな声を出すくらいだから、大切な人とは思っていそうだよな」

そんなざわつきがリリアの耳にももちろん届いており、周りの目に気づいた彼女は顔を真っ赤にしていた。

（付き合ってるとか、夫婦とかって……そ、そそそ、そんなわけないじゃない！）

そう心の中でぐるぐると考えてはいるが、それを声に出してしまえば、また色々と言われてしまうかもしれない。

なにより、恥ずかしさが勝ってしまっているため、リリアは顔を上げることすらできなかった。

「……女の声援《せいえん》を受けるたぁ、腑抜《ふぬ》けが」

対するグリアスは傭兵団という男所帯でこれまで彼女どころか、筋骨隆々過ぎて仲のいい女性の存在すら皆無《かいむ》であったため、あんな光景を見せられたことに苛立ちを募《つの》らせ、舌打ち交じりに吐《は》き捨てる。

互いに舞台上に乗って、対面してもグリアスは彼《かれ》を殺気を持って睨みつけていた。

「ははっ、騒《さわ》がせてすまないな」

ハルバはそんなことを気にもせずに、先ほどの盛り上がりについて軽く謝罪をする。

好敵手と認めているリリアからのまっすぐな声援は、彼の元々の性根《しょうね》も相まって純粋《じゅんすい》にやる気へとつながっていた。

それが更にグリアスの怒りを助長させていた。

だがハルバは気づいておらず、笑顔でそれを受け流している。

「それでは、お二人とも開始位置について下さい」

舞台上には審判《しんぱん》を務める職員がおり、舞台上に記されているそれぞれの開始位置につくよう促していく。

そこに移動すると、二人の間の距離《きょり》はおよそ5メートルになる。

「双方《そうほう》、準備はよろしいですね？」

審判の確認に二人が頷く。

「それでは、第一試合……始め！」

その合図とともに二人は地面を蹴《け》って走り出す。

「やあああ！」

まず先手を打ったのは射程の長いハルバである。

何度も連続で放たれる彼の突《つ》きは鋭《するど》く、速く、それでいて重い。

「ほお？　なかなかやるじゃねえかッ！」

それに対してグリアスは双方の手に持つ片手斧を使って、受け止め、受け流し、軌道《きどう》を逸《そ》らして全て華麗《かれい》にさばいていく。

「そちらこそな！」

まさかこうも簡単に防がれるとは思ってもみなかったため、ハルバもグリアスのことを見直し、称賛《しょうさん》する。

そして、二人は互いに一度後方に飛んで距離をとる。

『うおおおおお！　鋭い攻撃《こうげき》を繰《く》り出すハルバ選手、それを全て防いだグリアス選手。たった数十秒の攻防でレベルの高さを証明しましたよおおッ！』

強者だからこその技に興奮したピエロが実況で盛り上げていく。

『アタル様、少し実力を見たわけですが、どちらが勝つと思いますか？』

『そうだな……速いほうが勝つんじゃないか？』

ピエロの問いかけに対して、じっと彼らの戦いから目を離《はな》すことのないアタルはどちらとは明言せずに軽い言葉を返した。

それを聞いた観客たちは、その言葉の意味を話し合う。

「速いほうって、槍使いのハルバってことか？　確かにあいつの槍は見えないほどに速かったが……」

対戦しているのがグリアスでなければあのように簡単には防げない。

素人目《しろうとめ》にもそう思えてしまうほどにハルバの突きは鋭かった。

『まあ、片手斧の威力《いりょく》は確かに強いかもしれないが、射程が短いし速度は出ないだろうからなあ』

アタルの解説から、もしかしてこのままハルバが勝つのではないか？　と予想し始める。

賭けはグリアスの方が圧倒的《あっとうてき》に人気であるため、自分の負けを感じた観客たちはざわめいている。

それを聞いてニヤリと笑ったのは、観客としてやってきている傭兵団の面々だった。

「団長が斧の強さだけでトップになったと思っているのかぁ？　んなわきゃねえ、あの人は……速いぞ」

その言葉を体現するかのように、グリアスは一気に距離を詰《つ》める。

筋骨隆々ゆえに強く踏《ふ》み込んだグリアスは、そのまま突進《とっしん》するかの勢いで迫る。

「今度はこっちの番だぜッ！」

グリアスは走るのを止めずに向かい来る突きを回避《かいひ》していき、ハルバの懐《ふところ》に潜《もぐ》り込む。

「長物《ながもの》っていうのは、懐が甘いと相場が決まっているんだよなぁっ！」

槍は射程が長い代わりに、近距離《きんきょり》での攻撃には不向きであり、距離を詰めればグリアスの独壇場《どくだんじょう》になると誰《だれ》もが思っていた。

「おー、速いな」

しかし、のんきにそうつぶやいたハルバの攻撃は変わらずにグリアスに降り注いでいく。

「なにぃっ！」

攻撃に転じられると思っていたグリアスは勢いの変わらない攻《せ》めに驚《おどろ》いてしまう。

それでもなんとか攻撃を斧で防いでいた。

「はあ、はあ、なんなんだ、お前のソレはッ！」

槍の特徴《とくちょう》を無視した攻撃にグリアスは怒鳴《どな》りつける。

「いやいや、これくらい普通《ふつう》だろ。槍の攻撃範囲《こうげきはんい》の広さと内に入られた時の攻撃範囲の狭《せま》さなんていうのは少し考えれば誰でもわかる。わかったら、その弱点を解消して特性を活《い》かそうとするのは当たり前のことじゃないか」

あきれ顔でなんてことないようにハルバは言うが、槍の基本的な動きにはもちろん弱点解消方法は取り入れられていない。

だがそれではこの先を戦い抜《ぬ》けないとハルバはわかっていた。

ならば、自分でそれをあみださなければならないと戦い方をずっと模索《もさく》し続け、それに成功した。

通常時のハルバは槍の長さを活かすために中央部分や端《はし》のあたりを持っている。

しかし、近距離戦になったときはその持つ位置をいつもの場所ではなく、先端《せんたん》に近い方にして、槍を短く持つ形にスタイルを変えていた。

言葉にしてしまえば単純だが、リーチの差で攻撃力や機動力が変わるものもいる。

それをハルバがSランク冒険者《ぼうけんしゃ》ならではの経験と実力で補い、新しい戦闘スタイルを導き出した。

これによって距離を問わず同じような攻撃を繰り出すことができている。

「無茶苦茶《むちゃくちゃ》言ってるのがわかってんのか？　そんな方法をできるやつがいるわけがないだろ！」

グリアスが思わず突っ込んでしまうのは当然のことであり、槍というのは両手で持つことを前提として作られているため、それなりに重量がある。

一撃《いちげき》だけならば片手を使って突きを繰り出すこともできるかもしれない。

しかし、ハルバは通常時よりもむしろ速くなった連続した突きを片手で放っていた。

「そうなのか？　少なくとももう一人できるやつを知っているぞ？」

そのもう一人というのが誰なのか、ハルバはチラリとその人物に視線を送る。

そこにいたのは先ほど大きな声を出していたリリアだった。

リリアはハルバの戦い方を見て、満足そうに笑っている。

「彼女《かのじょ》の実力は俺よりも遥《はる》かに上だ。それでいて力に慢心《まんしん》することなく、もっと強くなりたいと常に向上心にあふれ、鍛錬を続けている」

そんなリリアと互《たが》いに切磋《せっさ》琢磨《たくま》することができているのは、ハルバにとってなによりの僥倖《ぎょうこう》だった。

リリアとの戦いの中で身に着けた技で戦っていると、まるで共闘《きょうとう》しているかのような頼《たの》もしさをも感じている。

「はっ、またさっきの女の話か。女のことばかり言いやがって、そんなに強いならお前を倒《たお》した後にあの女のこともまとめてぶっ倒してやるよッ！」

グリアスはハルバが見ている方向に視線を向けて、リリアのことも倒すと宣言する。

「………………もう一度言ってみろ」

しかし、これはよくなかった。

ハルバは自分では気づいていないが、普段の快活さからは想像もできないほど腹の底から低い声が出ていた。

それほどに自分だけならまだしも、リリアをも倒すとのたまう目の前の男に、ここ最近で一番の怒《いか》りを覚えている。

「あ？　何度でも言ってやるさ！　お前を倒して、あの女も倒して、アタルとかいうやつと一緒《いっしょ》に地べたに這《は》いつくばらせて、泣いてもわめいても容赦《ようしゃ》なく土下座させてやるって言ってんだよッ！」

先ほどよりも強い言葉を口にしたグリアスは、ハルバの笑顔を崩《くず》せたことに笑いを浮《う》かべていた。

「もう、口を開くな」

少し俯《うつむ》いていたハルバは低い声でそれだけ言うと、静かな怒りのまま一歩踏み出し、突きを繰り出す。

外から見ると、それはただの突きの練習にしか見えない。

どう見ても空ぶりというほどに、二人の距離は離れていた。

「――ぐぅっ⁉」

しかし、対面しているグリアスは反射的に斧の腹を使ってガードに移行している。

風圧で体がびりびりとひりつくのを感じながら、グリアスは槍の射程外から攻撃されることに驚き固まっているが、それはこれまでの傭兵団の団長としての経験が身体を固まらせたようだった。

ハルバは槍から衝撃波《しょうげきは》を撃《う》ちだして攻撃をしていた。

「そら！」

次の突きも距離が離れていたが、先ほどよりも強い力が込められており、グリアスの必死のガードの甲斐《かい》もなく、後方に押《お》し込まれていく。

「この程度の突きに押されるようじゃ、実力も知れているな」

「くそっ！　調子に、のるなあああ！」

いつもさわやかな笑顔を絶やすことのないハルバの顔からは想像もできないほど、冷たく突き放《はな》すような眼差《まなざ》しに、グリアスの怒りは一気に頂点に達した。

自身を下に見ているハルバの態度がグリアスは心底気に食わず、それと同時に押されている自分にも怒りを覚えて、力を温存するなどという甘《あま》い考えを捨て去って全力を出すことに決める。

この世界で、魔法と剣《けん》を使う者を魔剣士《まけんし》という。

魔法と槍を使う者であれば、魔槍士《まそうし》となる。

しかし、グリアスは世にも珍《めずら》しい魔斧士《まふし》だった。

気合の入った彼の身体を靄《もや》のような強力な青い魔力《まりょく》がじんわりと包み込んでいき、それが斧へと伝播《でんぱ》して全体が魔力に包み込まれる。

「これは……だが、それくらいでは！」

グリアスの雰囲気《ふんいき》が一変したことに気づいたものの、ハルバは先ほどまでと同様に突きを放つ。

「ふん！」

先ほどまでは押し込まれていた衝撃波の攻撃をグリアスは片手斧の一撃で両断したのだ。

「そんな攻撃くらい、少し力を使えば俺《おれ》には通用しないんだよ……」

攻撃をいなしたグリアスはギラギラと闘志《とうし》を燃やした目でハルバをにらみつける。

本当にたまたまではないのかと、確認のためにハルバが連続して突きを撃ちだすが、どれも防がれてしまった。

「なるほど、口だけではなく少しはやるようだな」

偉《えら》そうなことを言っているが実力が伴《ともな》っていないというのが、先ほどまでのハルバから彼への評価だった。

しかし、斧術に魔法を取り入れるという斬新《ざんしん》さに、それを改めることにした。

目の前の状況を分析しつつも、それでハルバの怒りが収まることはないため、負けるつもりなど一切《いっさい》なかった。

「――ならば、こちらも少し力を見せようか」

今度はハルバの身体を赤いオーラが包み込んでいく。

「魔力、ではないな。なんだそれは……？」

青い魔力を纏《まと》ったグリアスが怪訝《けげん》な表情で問いかける。

「なぜその問いに答えなければならない？」

手の内を明かすつもりもなく、少なからず好意を抱《いだ》いていたリリアを侮辱《ぶじょく》したグリアス相手となればなおさらのことだった。

「ふん、どうせただの見かけ倒《だお》しだろ。死ねえッ！」

殺気を全開にして、グリアスはハルバへと向かっていく。

「失礼なやつだが、その実力に免《めん》じて、こちらも応えよう」

その場から動くことなく、ハルバは片手で槍を大きく引く。

そこへ両手に斧を構えたグリアスが迫っていく。

（どんな攻撃だろうと俺の魔力障壁《まりょくしょうへき》を突破《とっぱ》できるはずがない！）

これまでグリアスが攻撃全振《こうげきぜんふ》りで真正面から戦えていた理由。

魔力を斧に帯びさせ、魔力障壁を展開する。

攻守《こうしゅ》一体型のこの力があるからこそ、槍の突きの一撃くらいではダメージを受けないと
これまでの経験上、グリアスは確信していた。

「ハァッ！」

突っ込んできたグリアスに、力をためていたハルバが突きを放つ。

その一撃はグリアスの目論見《もくろみ》どおり、魔法障壁《まほうしょうへき》にぶつかって防がれる。

「勝った」

『それは負けフラグだ』

ニタリと笑って勝利を確信したグリアスの言葉に、呆れ顔をしたアタルが冷静にツッコミをいれていく。

次の瞬間《しゅんかん》、グリアスは勢いよくステージ外に飛び出て、壁《かべ》に大きく衝突《しょうとつ》していた。

爆発《ばくはつ》したのではないかというほどの大きな音と衝撃《しょうげき》に会場が静まり返る。

「「「「…………」」」」

その光景に、みんなが言葉を失っていた。

アタルチームの面々にはなにが起きたか見えていたため当然の勝利だと頷《うなず》いているが、これには後続のマサムネやフランフィリアですら呆然《ぼうぜん》としてしまう。

「審判」

沈黙《ちんもく》が続くため、ハルバは離れた位置に退避《たいひ》していた審判に声をかける。

「えっ？　…………あっ、じょ、場外！　グリアス選手、場外に出たため敗北となります！」

審判も他の者たちと同様に言葉を失っていたが、声をかけられて我に返ると、すぐに自分の仕事を思い出してグリアスの負けを宣言した。

『おい、実況《じっきょう》はだんまりでいいのか？』

アタルは、決着がついたにもかかわらず呆然とするピエロの肩《かた》を軽く叩いて声をかける。

『そ、そうでした……な、なんと一瞬《いっしゅん》のできごとでしたが、ハルバ選手の一撃によってグリアス選手は場外に吹き飛ばされました！　なんとも、なんともとんでもない決着でございました！　ハルバ選手の勝利だあああああ！』

実況が改めてハルバの勝利を宣言したことで、場内は割れんばかりの歓声が沸《わ》き立ち、盛り上がりを取り戻《もど》していく。

それと同時に、賭けのはずれ券が空に舞《ま》っていた。

『……違《ちが》うぞ』

ピエロに対して、アタルが否定の言葉を投げかける。

『えっ？』

なにが違うのかと、ピエロはキョトンとしてしまう。

『さっきの勝負、一撃決着じゃない。ハルバは一撃目でグリアスの魔力の壁みたいなのの壊《こわ》れやすい点を突いたんだ』

『な、なんと』

『そこに当てることで壊れやすくして、二撃目で同じ場所を突いて完全に破壊《はかい》した。そこに三撃目を繰り出してグリアスを吹き飛ばしたんだよ』

アタルの解説を聞いて、観客たちは二人が衝突した瞬間を思い出そうとするが、あまりにも一瞬のことで、二撃目、三撃目があったことは見えていなかった。

それがしっかりと見えているアタルの解説が聞こえていた一部の観客たちにとって、それが彼に対して関心がわいた瞬間だった。

『だから言っただろ。速いほうが勝つんじゃないかって』

アタルが言っていたのは攻撃の速さのことであり、結果として超速《ちょうそく》の突きを三連続で繰り出したハルバの勝ちとなった。

『た、確かに……』

ピエロはなんとかそう返すだけで、精一杯《せいいっぱい》だった。

そんな実況席をよそに、会場のボルテージは最高潮にまで達していた。

「ハルバー！　サイッコーだったよーっ！」

先ほどの恥ずかしさなど勝利の嬉《うれ》しさとともに消え去ったリリアは、大はしゃぎで大きな声でめいっぱい手を振《ふ》りながらハルバのことを褒《ほ》める。

そんな彼女に向かってハルバも笑顔《えがお》で手を振って応えた。

このやりとりは微笑《ほほえ》ましく、先ほど茶化《ちゃか》していた観客たちも、優《やさ》しく見守っていた。

『初戦は見事ハルバ選手の勝利という結果になりましたが、まだ第二第三と楽しみなカードが待ち受けております』

そう言うと、先ほどまで表示されていた名前とオッズが更新《こうしん》される。

『第二試合はヤマトの国の将軍マサムネ選手と、現役《げんえき》Sランク冒険者のボーリア選手の戦《たたか》いになります。アタル様……どう見ていますか？』

ハルバとの一戦で、アタルの観察力、判断力が高いことがわかったピエロは、すぐにアタルへと話を振っていく。

『まずマサムネのほうだが、今の彼女は将軍だ。だが少し前まではあの国の実力者五人に与《あた》える五聖刀という地位についていた。その中でも筆頭と言われる実力者だから、地位だけじゃなく腕前《うでまえ》でも国のトップかもしれないな』

直接見たことのある彼女の実力は邪神《じゃしん》との戦いでも発揮されていた。

もちろんアタルのこの発言にサエモンは入れていない。

『おー、五聖刀という方々がいらっしゃるのですね。しかもその筆頭ということは、かなりの実力の持ち主……これは楽しみでございます』

ピエロは期待にワクワクしながら興奮気味に答える。

外との交流が少なかったがゆえに、ヤマトの国の内情はあまり知られていない。

サムライという言葉自体は知られているが、将軍というのが王と同等の地位であることはあまり知られておらず、五聖刀という言葉を初めて聞いた者も少なくなかった。

だからこそ、アタルのこの情報はありがたいものであると同時に、観客たちの期待を高める。

『あの国の戦士はサムライと呼ばれていて、刀という特別な武器を使う。同ランクの剣と比べても切れ味なら刀に分があるだろうな』

さらに、武器についても情報が少ないだろうと考えて、アタルは説明を付け加えた。

『なるほど、刀でございますか。それは重要な情報をありがとうございます』

ピエロはアタルを解説に呼んで正解だったと改めて思っている。

『一方でボーリア選手はいかがでしょうか？』

マサムネについてはアタルたちをかばうくらいなので、知っていてもおかしくはないがボーリアについてなんとコメントするのかピエロは内心で楽しみにしていた。

『あぁ、あっちは現役のSランク冒険者ということもあって、鋭い感覚を持っている印象を受けた。細身だし、回避に関してはかなり得意なんじゃないかな。それから、チラリとしか見てないが湾曲《わんきょく》したタイプの剣を使っているのが特徴的《とくちょうてき》だな』

あくまでもアタルが彼を見た際に受けた印象だけを口にしているが、どれも正確に言い当てている。

『通常の剣とは違う形の剣っていうのは扱《あつか》いが難しい。だけど、それを使い続けて今のランクにまで上がっているということは、アレを使うのが彼のスタイルにピタリとはまっているんだろうな。もしかしたらあの剣を極《きわ》めている一族の子孫なのかもしれない』

ステージに上がって女性たちの高い歓声を受けてニヤニヤと手を振りながら喜んでいたボーリアの身体がアタルの発言で一瞬だけビクリと反応する。

(だ、誰にも言ったことないはずなのに！)

友にも、ギルドの職員にも、拠点《きょてん》としている宿の職員にも、気になっている女性にもこれまでだれ一人として言っていないことをアタルがあっさりと口にしたことに、ボーリアの背中に冷たいものが走っていた。

(まあ、大抵《たいてい》特殊《とくしゅ》な武器持ちは、家系か種族かなにかが特殊ってのは定番だしな)

様々な物語を読んできた中での情報の蓄積《ちくせき》からの推測だったが、まさかそれが見事に当たっていたとは当のアタルは思ってもいない。

『ほうほう、それはなかなか興味深い分析でございますね……それで、どちらが勝つと思いますか？』

ピエロは先ほどした質問を今度も投げていく。

『まあ、武器の良《よ》し悪《あ》しというよりは、経験の差がものをいうんじゃないか？』

今度もアタルは明言を避《さ》けたが、どちらの経験が豊富なのか、観客たちは予想を口々に話している。

『なるほどなるほど、今回の回答も様々な推測をさせるものになっていますね。みなさま、これらを聞いたうえで最後のベットをお願いします！』

先ほど同様、数分後には賭《か》けが締め切られる。

オッズは４：６でボーリア優勢となっていた。

これには、Ｓランク冒険者になるまで様々な戦いをこなしてきたボーリアの経験の方が上なのではないか、という判断が働いたようだ。

そして、やはりよく聞いたことのないサムライの強さがわからないということから、ややマサムネ不利という結果となっていた。

ちなみに、今回もキャロはマサムネの勝ちに賭けている。

『それでは、マサムネ選手、ボーリア選手、舞台《ぶたい》に上がって下さい！』

ゆっくりと舞台上に上がっていく二人。

マサムネは納刀したまま、ボーリアは右手に曲剣を持って上がって来た。

「やあやあ、将軍様ということは偉いんだろうね。しかもなんだっけ？　五聖刀の筆頭だったんだって？　そりゃ強そうなわけだ……」

マサムネを舐《な》め回すように見てニタニタ笑うボーリアは軽い調子で声をかけていく。

「たまたま私しかいなかっただけです。私より強い方は何人もいますゆえに、筆頭であったことは強さの証明になることではありません」

マサムネは冷静な口調で彼の言葉に返していく。

彼女の言う強い方というのは兄であるサエモンはもちろんのこと、アタルたち全員のことを言っている。

彼女は本気で戦えば彼らには絶対に勝てないと思っていた。

「ははっ、せっかくきれいな顔立ちをしているんだからもっと笑ったら可愛《かわい》いのに、もったいないねえ」

曲剣で指さすようにして重ねたボーリアの軽口に対してもマサムネは冷たく切り捨てる。

「可愛げなど、とうの昔に捨てましたゆえに必要ございませぬ」

「……ふーん、可愛くないね」

ニタニタ笑っていたボーリアは冷たい反応のマサムネに飽《あ》きたようで、先ほどとは正反対の言葉を口にしながら冷たい目で彼女のことを見る。

女好きな一面が際立《きわだ》つものの、彼はSランクまで上り詰めた冒険者で実力は十分にある。

それだけでなく、ふわふわとした金髪《きんぱつ》に整った顔立ちから、自分の容姿にも自信を持っており、女性から黄色い声援をもらうことも少なくない。

これまでの女性たちとは違い、目の前のマサムネという女性は全く自分に対して興味がないという反応を見せており、それが彼には気に入らなかった。

「それでは、お二人とも開始位置について下さい」

審判の職員は先ほど同様に促していく。

「双方、準備はよろしいですね？」

「いいよー」

審判の確認にボーリアは相変わらずの様子で返事をし、マサムネは無言で頷く。

「それでは、第二試合……始め！」

今度は初戦とは反対に、二人ともすぐには動かない。

刀に手を当てるでもないマサムネは力を抜いた自然体で、へらへら笑っているボーリアをじっと見ている。

「そんなに見つめられると恥《は》ずかしくなっちゃうなあ」

笑いながらボーリアはあえてからかうようなことを口にするが、彼の心のうちは穏《おだ》やかではなかった。

（なんなんだこの女は。隙《すき》が全く無いぞ！）

観客たちや実力がわからない者たちから見ると、マサムネはただ立っているようにしか見えないが、対面しているボーリアからするとどこにも隙が見えない。

各国の代表の中にいるときは物静かで儚《はかな》げな和を思わせる美人としか見えていなかった。

そんな彼女がまだ武器を構えていないというのに、少しでも近づけばやられてしまうとボーリアは直感的に思わされ、手を出せずにいた。

（くっ、でもこのままじゃ……やられちまう、ここは動くしかないか！）

「クソッ！」

敵わないとわかっていながらも、覚悟《かくご》を決めてボーリアは走り出す。

距離が縮まるにつれて、彼の中の危機感知能力が強く警鐘《けいしょう》を鳴らし始める。

これ以上近づけば危険だ、と。

この力は腕《うで》のたつ者ならばおよそ誰もが持っているものだが、ボーリアのソレは他の者たちよりも敏感《びんかん》であり、Sランク冒険者まで上り詰める際にも彼を危険から守っていた。

（くう、これは痺《しび》れるなあ……）

しかし、今回は一対一の対戦であるため、逃《に》げるわけにはいかない。

体がこわばるのを感じながらも、挑発《ちょうはつ》して戦いに持ち込んだのは自分じゃないかと自らを奮い立たせて歯を食いしばった。

「……行くぞ」

そのため、一瞬で軽薄《けいはく》な雰囲気を消し、集中して一気に距離を詰めた。

「はああああっ！」

曲剣による シンプルな上段からの斬《き》り下ろしからの突き攻撃。

これはボーリアからすると賭けでもあった。

マサムネがこの攻撃に対してどんな対応をするか。

構わず斬り捨てる。避けて胴体《どうたい》を狙《ねら》う。

どれでもいいから未知のサムライがどんな技を使うのか、知るための一撃だった。

「ふっ！」

しかし、彼女が選んだのは一瞬で刀を抜いたかと思うと目にもとまらぬ速さで下から斬りあげることで、曲剣を弾《はじ》き飛ばして武器を失わせるというものだった。

（かかった！）

双方の武器が衝突する瞬間、ニヤリと笑ったボーリアは剣から手を放す。

「なにっ！」

まさかの行動にマサムネは驚いてしまう。

手ごたえが全くなく、曲剣はあっけないほどに高く吹《ふ》き飛んでいく。

マサムネは相手の攻撃を防ぎ、その勢いで弾《はじ》こうと思っていたため力が入っており、大きな隙ができてしまう。

「さっきの人もそうだったけどさ、俺も……二つ使いなんだよ」

左手に弾かれたものと同じ曲剣が握《にぎ》られており、それがマサムネのがら空きの右脇に向かっていく。

「そうですか、それは面白《おもしろ》い」

これまでピクリとも笑わなかったマサムネが見せたゾクリとするほど美しい笑顔に、ボーリアがおかしいと思った瞬間に彼女は刀から右手を放しており、腰《こし》につけていた小太刀《こだち》を抜いて剣を受け止めた。

「なんだと⁉」

まさかマサムネまでもが二つ目の武器を使うとは思っていなかったため、ボーリアは混乱してしまう。

「離れないと！」

とっさの判断ですぐに後方へと警戒《けいかい》しながら跳躍《ちょうやく》する。

すると彼がいた場所をマサムネの刀が通過していく。

彼女は左手だけで持っていた刀を強引《ごういん》に振り下ろして攻撃をしていた。

「ふう、はあ、はあ……あっぷな……」

判断が少しでも遅《おく》れれば、真っ二つになっていたかもしれない。

その恐怖心《きょうふしん》が全身を包み込み、寒気が走るが、ぶんぶんと首を横に振って気持ちを切り替《か》える。

ボーリアはいつだったか、女性たちと遊んでいた時に、ある女性に言われた言葉をなぜか今、思い出していた。

（——女はね、秘密が多い生き物なの、ボーリア。油断すると痛い目を見るわよ……）

「なら出し惜《お》しみはなし、だな」

彼にも奥《おく》の手《て》はあり、それを見せずに勝ちたいと思っていた。

だが、それは慢心だと戦いの中で理解させられていた。

きれいな女性だと舐めて、完全に最初の判断を間違《まちが》えていたと認識《にんしき》を改める。

「行くぞ」

ボーリアは弾かれた曲剣を華麗にキャッチして、二剣で向かっていく。

「二つに増えたところで変わりません」

マサムネはそれくらいのことしかできないのかと目を細め、ボーリアを迎《むか》え撃つ。

小太刀は納刀されており、一刀のみを構えている。

「これでも、喰《く》らえ！」

ボーリアは接敵する少し前の離れた場所から回転斬りの要領で右の剣を振り下ろす。

すると、剣先《けんさき》から炎《ほのお》の球が射出された。

ボーリアは魔法《まほう》を使える剣士《けんし》ではないが、彼の武器は魔法を発動することのできる魔剣である。

片手の曲剣と思わせて二つの魔剣であること。

片手剣よりも早く柔軟《じゅうなん》な動きで相手を翻弄《ほんろう》する。

そのうえで今まで使ってこなかった魔法という攻撃方法に相手が虚《きょ》を突かれて、その隙に多段攻撃することで多くの戦いを超《こ》えてきたが、真っ向から待ち受けている冷静なマサムネにこれが通用するとは思っていない。

「せい！」

予想通りに火の球はあっさりとマサムネの居合で真っ二つにされてしまっている。

「もう一度！」

それでも諦《あきら》めるつもりのないボーリアは何度も剣を振り下ろして、火の球を合計で五発ほど撃ちだす。

だが、やはりそのどれもがあっさりと切り捨てられてしまう。

「……もう、終わりにしましょう」

子供だましのような攻撃に呆《あき》れたように小さく息を吐《は》いたマサムネが動き出そうとした瞬間、一歩が踏み出せないことに気づく。

「ははっ、引っかかったな！」

思惑通《おもわくどお》りにいったことで高揚《こうよう》した彼《かれ》が持つ魔剣は左右で属性が異なっている。

右の魔剣で炎の球を連発して、そちらの派手さに目を向けさせて意識を集中させる。

その間に左の魔剣で氷魔法を発動して、足元の動きを止める。

この左右で属性の違う魔法を使える曲剣での斬撃《ざんげき》と突きを組み合わせた動きで翻弄するのが彼の戦闘《せんとう》スタイルだった。

「これはなかなかやりますね。ですが！」

足止めされていることに気づいた瞬間、マサムネは刀に刀気を纏わせる。

その力は身体全体にも行きわたり、足元の氷を一瞬で破壊する。

「これくらいはよくあることです」

足音を立てずにスッとマサムネは素早《すばや》く一歩踏み込《こ》み、ボーリアが持つ剣を左右ともに弾き飛ばした。

（あ、これ終わった……でも、美女に殺されるならいっかあ……）

ボーリアは彼女の刀によって真っ二つにされる自身を思《おも》い浮かべるが、目の前の死神の美しさに諦めがついてへらりと笑う。

「殺しはいたしません」

マサムネは納刀し、刀気を纏わせた拳《こぶし》の鋭《するど》い一撃で彼の腹を殴《なぐ》りつけた。

「うぐはっ！」

変な声とともに、ボーリアは強烈《きょうれつ》な気持ち悪さと、強い吐き気《け》と、ありえない痛みを感じている。

しかし、拳の攻撃による吹っ飛ばしに合わせて後方に飛ぶことでなんとか立て直しを図《はか》ろうとしていた。

『へー、あの状況《じょうきょう》でもなんとかしようと動くのはなかなかだな』

その行動にアタルは感心している。

『す、すごい、あっという間の攻防《こうぼう》。ボーリア選手は果たして攻撃に転じることが……』

『ま、できないだろうな』

マサムネは吹き飛んだボーリアをピタリと追いかけており、彼が着地した瞬間に合わせて首元に刀を突《つ》きつけた。

「どうします？」

まだやるのか？　この状況でも手があるのか？　と冷たい声音《こわね》でマサムネが問いかける。

「こ、降参、負けました、敗北です！」

両手を上げたボーリアは涙《なみだ》交じりで必死に負けの言葉をいくつも繰《く》り出して、自らが敗れたことを認めた。

『こ、これはすごい、双方《そうほう》ともに剣士としての実力者でしたが、蓋《ふた》を開けてみればマサムネ選手の圧勝でした！』

傷一つ負っていないマサムネは、勝利したあと観客たちの歓声《かんせい》を受けても涼《すず》しい顔をしている。

それだけ今の戦いには実力差があった。

『彼女は見た目も実年齢《じつねんれい》も若いが、元五聖刀筆頭という肩書《かたが》きは伊達《だて》じゃない。多くの敵と戦ってきた彼女だからこそ、様々な攻撃《こうげき》に対して瞬時《しゅんじ》に対応できるんだよ。女だからってなめてかかるからああなるんだ』

つまりアタルが言っていた経験が豊富というのはマサムネのことだった。

『はあ、これはサムライへの認識も、ヤマトの国への印象も改めなければなりませんね』

ヤマトの国がずっと長い間鎖国《さこく》をしていたのは国に力がないことを知られないためだ、

などという噂《うわさ》がまことしやかに語られているのが現実である。

しかし、この地での戦いは各国の主要人物が観覧しており、一気に彼の国への噂が書き換《か》わることを意味していた。

笑うこともなく静かに歩いたマサムネは流れるように刀を納めて舞台を降りて行く。

そんな彼女の後ろ姿をコテンパンにやられたボーリアは羨望《せんぼう》の眼差しで見ていた。

『さて、いよいよ最終試合となりました。冒険者ギルドマスターのフランフィリア選手と、魔導《まどう》協会副会長のメルネス選手でございます。さて、アタル様はどう見ているのでしょうか！』

今度もピエロはすぐにアタルに話を振っていく。

『フランフィリアは元Sランク冒険者で、リーブルがスタンピードの被害《ひがい》にあいそうな時にともに戦った。その実力は元、はついたとしても十分すぎる力だった』

アクアマリンドラゴンとの戦いに関しては、神との戦いに相当するため、あえて触《ふ》れずに彼女の力について話していく。

『なんとスタンピード！　それはすごいですね。大量の魔物《まもの》の相手をしなければならないその状況で活躍《かつやく》するのは並大抵《なみたいてい》のことではないでしょう』

リーブルのスタンピードの話は世間にあまり出回っていないため、この会場にも初耳の者が多くいた。

『対して副会長のほうは、あの若さであの地位。そして感じられる魔力はそんじょそこらの魔法使《まほうつか》いじゃ足元にも及《およ》ばないほど強力だ』

アタルは魔眼《まがん》でメルネスの魔力量を確認《かくにん》してみるが、その力はSランク冒険者と比べても全く遜色《そんしょく》ないほどだった。

『おー、アタル様は魔力も感じられるのですね。そんなアタル様から見ても強力と言わせるだけの魔力を持っているメルネス選手のご活躍、とても楽しみですね』

武器などからの推測ではなく、単純に魔力が強いというのは力を表しているため、わかりやすいとピエロは何度も頷いている。

『今回も同じ質問をしますが、アタル様はどちらが勝つと思いますか？』

『…………』

この質問にアタルは腕を組んで無言になってしまう。

『あ、あのアタル様？』

これまではどんな質問に対してもすらすら答えてきたため、この反応にピエロは困惑《こんわく》している。

『いや、すまない。少し考えていた。どちらが勝つか、どちらも強力な力を持っているが……あえて言うなら、より強力な魔法が勝利をもたらすだろうな』
前の二試合の時と比較《ひかく》して、これではなにを意味しているのかわからないため、観客席にはざわつきが広がっていく。
『な、なるほど……そ、それではみなさま、賭けの対象をお決め下さい！』
ピエロもはっきりとしないアタルの物言いに戸惑《とまど》いながらも、これまでと同じような言葉をなんとか絞《しぼ》り出す。

先の二試合同様、数分後には賭けが締《し》め切られる。

オッズは１：９でメルネスに賭ける者が圧倒的《あっとうてき》だった。

元Sランク冒険者《ぼうけんしゃ》のフランフィリアが現役から退いてから長い時間が経《た》っており、彼女が本来の力を失ってギルドマスターになっているということは多くの者が知る事実である。

それゆえにこのような結果となっていた。

しかし、今回もキャロは迷わずにフランフィリアの勝利に賭けている。

『それでは、フランフィリア選手、メルネス選手、舞台に上がって下さい！』

ゆっくりと舞台上に上がっていく二人。

メルネスは杖《つえ》を持っているが、フランフィリアは手ぶらだった。

「あなたの魔法のことは聞いたことがあります。とても強力な氷魔法の使い手『だった』のでしょう？　ですが、現役で最前線にて活動している私には勝てないでしょう」

あくまで冷静に、互《たが》いの実力を鑑《かんが》みた結果、それが結論となるとメルネスは静かに語る。

表情は凍《こお》り付いたかのように冷たく静かで、はっきりとした物言いをする。

「そうかもしれませんね。ですが、私もできる限り頑張《がんば》ってみようと思います」

挑発を受けても全く意にも介《かい》さず、フランフィリアはふわりと笑顔でそう答えた。

「……ふっ」

それを強がりと受け取ったのか、メルネスは薄《うす》く笑うと彼女《かのじょ》に背をむけて開始位置へと移動する。

フランフィリアも楽しそうに開始位置へと移動していく。

「双方、準備はよろしいですね？」

「はい」

「ええ」

審判《しんぱん》の確認にメルネスとフランフィリアは一言返事をする。

「それでは、第三試合……始め！」

開始の合図とともに、会場の温度がみるみるうちに下がっていく。

これはフランフィリアが魔力を高めているためである。

「……その程度」

それが気に入らないと言わんばかりに、メルネスは自らの魔力を高めて魔《ま》法陣《ほうじん》を展開すると一気に会場の温度をあげていく。

フランフィリアが氷属性なのに対して、メルネスは火属性を使う。

相反した属性によって、温度の変化は相殺《そうさい》されて通常の温度に戻っていった。

この時点で二人の魔力は拮抗《きっこう》している。

「アイスボール」

「ファイアボール」

フランフィリアが手を伸《の》ばして氷の球を放つと、大きな杖を構えたメルネスの火の球がそれぞれ五つずつ作り出されて衝突する。

「アイスアロー」

「ファイアアロー」

今度は氷と火の矢が十ずつ作り出されて衝突した。

「アイスランス」

「ファイアランス」

続いて氷と火の槍《やり》。

槍もまた相反属性が衝突し、その場で消えていく。

完全に拮抗した実力を持っている。

誰《だれ》もがそう思った瞬間、フランフィリアの手には弓が構えられていた。

「ハッ！」

そして無数の魔力《まりょく》の矢が撃《う》ちだされていく。

彼女は氷魔法が得意だが、それと同様に弓矢の腕前も一級品だった。

「くっ、武器も使うとは……！」

魔力の矢に交じって、通常の矢も放つ上に数が多いため、全て迎撃《げいげき》するのは難しい。

「ファイアウォール！」

ならばと、広範囲《こうはんい》の防御《ぼうぎょ》のために炎の壁を作り出して二種類の矢を防いでいく。

「アイスフィールド」

フランフィリアは矢による攻撃と同時に、舞台を凍らせて氷の範囲《はんい》を広げていく。

「まだいけます、フレイムブレス！」

メルネスは広がるように炎を杖から出して、氷を溶《と》かしていく。

「メルネスさんは火の魔法がとてもお上手ですね。ですが、少し発動が遅《おそ》いと思います」

「なんですって……？」

最初の魔法の打ち合いでは、ほぼ同時に魔法を使っており、完全に相殺されていた。

しかし、それ以降はフランフィリアが全ての攻撃において先行しており、メルネスは後手に回っていた。

「ふふ、なんだかココ、じめじめしませんか？」

「えっ……はっ！」

フランフィリアの指摘《してき》に、メルネスは空気中の水分がかなり多くなっていることに気づいたが、判断が遅すぎた。

「〝世界よ凍りつけ、氷結地獄《じごく》〟」

両手を広げてふわりとうたうように紡《つむ》いだフランフィリアの言葉とともに、彼女を中心に波が広がるように周囲は冬になったかのような景色になっていく。

「この、フレイムブレス！」

焦《あせ》りに歯を食いしばったメルネスはなんとか状況を打開しようと、先ほどと同じ魔法で氷を溶かしていこうとする。

「なっ……」

しかし、その炎までもあっけなく飲《の》み込み、全ての炎が氷漬けになっていた。

困惑しているメルネスの後ろに回ったフランフィリアは、手に氷のナイフを作り出して彼女の首元にするりと突きつけていた。

「もう終わりです」

「ま、負けました……」

敗北宣言をすると、杖を両手でつかんだまま涙を浮《う》かべたメルネスは膝《ひざ》から崩《くず》れ落ちた。

「しょ、勝者、フランフィリア選手！」

今度はいち早く審判がフランフィリアの勝利宣言をする。

その吐息《といき》は氷結地獄によって冷え切った空気を現すように真っ白だ。

『な、ななな、なんとフランフィリア選手の勝利です！　空間を凍りつかせる魔力と作戦、氷の魔女《まじょ》フランフィリアの完全復活でございます！』

ピエロも興奮しており、鼻息荒《あら》くフランフィリアを褒めたたえていく。

会場も芸術的な氷魔法に盛り上がりを見せていくが、ここでアタルが立ち上がった。

『俺《おれ》たちの実力を示すために三人は戦ってくれて、三人ともが勝利するという形で力を証明してくれた』

アタルによる感謝の言葉なのかと、みんなが耳を傾《かたむ》け、シンッと会場が静まり返った。

『だけど、これじゃ俺たちが本当に強いかなんてわからないだろ。このあと何かといちゃ

もんをつけられたらたまったもんじゃない。キャロ、リリア、サエモン、バルキアス、イフリア、それからハルバ、マサムネ、フランフィリア。それから俺を含《ふく》めた九人が相手になろう。挑戦《ちょうせん》したいやつは舞台に来い』

アタルの声だけが会場中に響《ひび》き渡《わた》る。

「ピエロ、それじゃあとのことは頼《たの》んだぞ。ここからが本当の戦いの始まりだ」

ひらひらと手を振ったアタルはそう言い残すと、実況席を飛び出して舞台へと移動する。

名前を挙げられた面々も同様であり、そんな彼らの前にはまだ納得《なっとく》のいかない様子の各国の実力者たちが立ちはだかっていた。

ここからは番外編の魔法や剣戟《けんげき》の入り乱れる乱闘《らんとう》のような形になった。

だが神の力など使わずとも長い旅路で鍛《きた》え上げられたアタルたちの前にかなうものなどおらず、圧倒的な強さを前に倒《たお》れることになったのだった。

# 第八話　世界を巻き込んだ邪神との戦いに向けて

翌日は昼間から昨日の会議室に集まってみんなで話し合いをしていく。

コロッセオで十二分にアタルたちの力を実感したものしかいないため、最初のアタルたちを舐めた雰囲気《ふんいき》はもうここにない。

「これが神の力だ」

昨日の戦いでは見せなかった玄武《げんぶ》の力をアタルが見せる。

キャロ、リリア、サエモン、バルキアス、イフリアも同じようにそれぞれの力を見せることで神の存在が実在することを体感させていく。

「ほ、本当だったのか……」

うろたえるような顔でそれを口にしたのは魔導協会会長だった。

白い髭《ひげ》を蓄《たくわ》えた老人だが、アタルたちの力が魔力ともオーラとも違《ちが》う、神々《こうごう》しい力であることを理解しているがゆえの言葉である。

もはやアタルたちを信仰《しんこう》しそうなほど、その力に対して祈《いの》りをささげていく。

「神さまなんていうのが本当にいるなんてな……」

神頼《かみだの》みが大嫌《だいきら》いで、神などという存在を信じていなかった傭兵《ようへい》団団長グリアスが舌打ちしながら吐き捨てるように呟《つぶや》く。

ここまでくるともうアタルたちの話を疑う者など誰もいなかった。

そこから改めて、邪神、魔族《まぞく》ラーギル、宝石竜《ほうせきりゅう》、アスラナ、阿修羅《あしゅら》、ケルノスなどとの戦いについて話していく。

実感のこもった話に、全員が言葉を失う。

いくつかの戦いに参加していた者も、他の戦いについてまで聞くと、世界が自分たちの予想以上にとんでもない状況にあることを感じさせられていた。

ラーギルは各地で暗躍《あんやく》していたようで、原因不明の事件がいくつも掘《ほ》り出され、各国の王たちはようやく合点《がてん》がいったという顔をしている。

それから全て話し終えたのは三時間経過した頃《ころ》だった。

「とにかく世界中が意識を統一して立ち向かわなければならない。だから、是非《ぜひ》みんなの力を貸して……」

アタルがそう言おうとした次の瞬間《しゅんかん》、会議室の空気がズシリと一気に重くなったのを感じる。

息をするのすら苦しいと思わせる空気。

幸いにしてアタルたちはまだ平気だが、他のメンバーは身動きすら取れないものもいる。

「ッ……誰だ！」

先ほどまでこの場にいなかった者の気配を感じ取った誰かが苦しげに叫《さけ》んだ。

その視線の先には、一人の男の姿がある。

彼は会議室の一番奥にいつの間にかいて、この会議にいる人々が苦しんでいる表情を見てニヤニヤと笑っていた。

「雑魚《ざこ》どもが集まって話し合いとはなかなかに滑稽《こっけい》だな？」

「ラーギル……！」

アタルが男の名を口にしたことで、みんなに驚《おどろ》きが広がる。

先ほどの話にあった魔族の男が目の前にいるという事実に、みんな身体を震《ふる》わせていた。

「だがまあ、悪くないのもチラホラいるじゃないか。これは楽しみだ……こちらの準備もそろそろ終わる。せっかくここまで頑張ってあがいてくれたんだ、正々堂々と戦おうじゃないか」

今までのラーギルからは想像もできないその言葉にアタルは眉《まゆ》を顰《ひそ》める。

「お前らしくない言葉だ……なにを企《たくら》んでいるんだ？」

「ハッ、俺だってたまにはこういうことも言うさ」

ラーギルはアタルをからかうように笑いながら言う。

「言っておくが、これは冗談《じょうだん》じゃない。本気で言っているんだ」

真意が読めないため、訝《いぶか》しみながらもアタルは次の言葉を待つ。

「ここにいるやつらが世界の最高戦力なんだろ？　だったら、そいつらが正面から正々堂々と潰《つぶ》されたら他のやつらはどう思う？」

ニタニタと恍惚《こうこつ》感に浸《ひた》りながらひねりつぶすような手の動きを見せるラーギル。

その光景は想像するだけでも、絶望的な状況である。

「そうなれば簡単に世界の希望をひねりつぶすことができると考えているのか」

なるほどなと冷静にアタルがラーギルの言葉の真意を口にした。

「ははっ、やっぱりお前はすごいな。よくわかっているじゃないか！　戦《たたか》いは三か月後、竜の月の十五の日。場所は西に広がる広大な平原。過去に邪神《じゃしん》と神と人が戦ったと言われる因縁《いんねん》の【争いの大地】で行おうじゃないか。時間はくれてやる。せいぜい矮小《わいしょう》な生き物同士結託《けったく》して俺らを楽しませる準備を思う存分するといいさ。はーっはっはっは！」

高らかに笑いながらそれだけ伝えると徐々《じょじょ》にラーギルの姿が消えていき、まるで最初か

ら誰もいなかったかのように、姿がなくなる。

姿が見えなくなると一気に重圧から解放されたかのように皆《みな》が呼吸できるようになった。

咳《せ》き込んだり、顔色を悪くしたりしている者たちがいる中で、アタルたちだけは厳しい顔をしてラーギルがいなくなった場所を見ていた。

「――魔眼で見ていたが、アイツの言葉に嘘《うそ》の気配はなかった。恐《おそ》らく言葉通り正面からひねりつぶす気で来るだろうな。場所も指定されたし、三か月の猶予《ゆうよ》が与《あた》えられたからには一丸となって全力で準備をしよう。この世界を易々《やすやす》とアイツに壊《こわ》されてたまるか」

この決意を込めたアタルの言葉に、会議室にいる全員が無言で、だが、力強く頷《うなず》く。

# あとがき

『魔眼と弾丸を使って異世界をぶち抜く！　19巻』を手に取り、お読み頂き、誠にありがとうございます。

19巻という巻数でも継続して刊行させていただけているのは、読み続けて下さる読者様方のおかげです。

本当に感謝しかなく、今回もまた読んでみたいと思ってもらえる内容になっていればと思うばかりです。

今回の物語では帝国での戦いの後処理を行い、その後各地を巡る話になっています。

うわっ、久しぶりだ！　というキャラや、こんなやついたっけ？　などキャラによって反応が異なると思いますが、これを機に過去の1～18巻を再度読んでみるのはいかがでしょうか？

アタルたちがこれまでの旅の中で出会ってきた世界の戦力を集める物語になっています

ので、新旧のキャラが入り乱れていてクライマックスに向けた盛り上がりがあります。

これまでの18冊を読んでいただいているからこそ楽しめるような一冊となっていたらうれしいです。

また、今回多くの勢力や人が集まってきましたが、あのキャラが来ていない！　このキャラはどうした？　など皆さんがそれぞれ気に入られたキャラへの想いがあるかと思います。

（某妖精的なあの人たちとか、某精霊的なあの人たちとか、某神的なあの人とか）

そのところも含めて次巻への足掛かりとしていますので、もし今回の19巻をご覧になって続きが気になったらまたお手に取っていただけますと幸いです。

また、今巻でも素晴らしいイラストを描いて頂いた赤井てらさんにはとても感謝しています。

今回新しくデザインされたキャラクターも何人かいて、それらもこちら側のイメージをうまく汲み取り、魅力的なキャラやイラストを描いて下さいました。

物語だけでなく、やはり魅力的にキャラクターを描いていただいているからこそ魔眼と弾丸が広く長く読者の皆様に愛されているのだと思います。

またコミカライズ版も3巻が発売中で、絶賛連載中なので、そちらも楽しんでいただければ幸いです。


その他、編集・出版・流通・販売に関わって頂いた多くの関係者のみなさん、またお読みいただいた皆さまにも感謝を再度述べつつ、あとがきとさせていただきます。

最後に、次巻となる20巻の発売日もきっと帯に書かれていると思いますので、また皆さんのもとにアタルたちの物語をお届けできるように頑張ります。

コミカライズも連載中の
スナイパー英雄譚！
著／かたなかじ
イラスト／赤井てら
漫画：瀬菜モナコ
原作：かたなかじ　キャラクター原案：赤井てら
発売予定!!

魔眼と弾丸を使って
異世界をぶち抜く!
第20巻 2024年夏

HJ NOVELS
HJN31-19

# 魔眼と弾丸を使って異世界をぶち抜く！　19

2024年4月19日　初版発行

著者――かたなかじ

発行者―松下大介
発行所―株式会社ホビージャパン
〒151-0053
東京都渋谷区代々木2-15-8
電話　03(5304)7604（編集）
03(5304)9112（営業）

印刷所――大日本印刷株式会社

装丁―― 木村デザイン・ラボ／株式会社エストール



Printed in Japan

ISBN978-4-7986-3508-8　C0076

ファンレター、作品のご感想お待ちしております

〒151−0053　東京都渋谷区代々木2−15−8
(株)ホビージャパン HJノベルス編集部 気付
**かたなかじ 先生／赤井てら 先生**